아침편지 고도원의
부모님 살아 계실 때
꼭 해드려야 할 45가지

아침편지 고도원의

부모님 살아 계실 때
꼭 해드려야 할 45가지

고도원 엮음 • **김선희** 그림

🌱 나무생각

아버님, 어머님이 돌아가신 지도 벌써 십수 년이 지났다.
부모님 없이 사는 것에 많이 익숙해져 있지만, 지금도 순간
순간 울컥할 때가 많다. 주변에서 '효자'라는 말을 제법 들었
음에도, 못다 한 '효'에 대해 회한이 크다. 잘 해드리고 싶어
도 이제는 영원히 곁에 계시지 않는다는 사실에 무력함을 느
끼곤 한다.

시간이 흘러, 나도 이제 장성한 아들딸의 아버지가 되었다.

이제서야 비로소 돌아가신 부모님을 진정으로 이해하게 되
었다.

이 책은 그래서 나의 이야기이며, 내가 만난 사람들의 이야
기이며, 우리 모두의 이야기이다.

어떤 것은 내가 '고도원의 아침편지'를 쓰면서 만난 사람들의 사는 모습이고, 어떤 것은 라디오를 들으며 차를 몰고 가다 운전을 멈추고 들을 수밖에 없었던 이야기를 모은 것이다.

부모님께 못다 한 내 아쉬움에 대한 토로이기도 하지만, 오늘이라도 결코 늦지 않았음을 알리기 위한 희망의 메시지이기도 하다.

지금 만약 부모님께서 살아 계신다면, 당신은 정녕 행복한 사람이다. 두 분 중 한 분이라도 살아 계신다면, 이 또한 행복한 사람이다. 당신에겐 아직 기회가 남아 있으니까.

시간은 많지 않다.

뒤로 미루지 말고 바로 시작해야 한다.

더 늦기 전에, 때늦은 회한의 눈물을 흘리며 땅을 치기 전에…….

언제 운명의 신이 부모님과 우리의 사이를 갈라놓을지 누구도 알지 못한다.

부모님도 모르고, 당신도 모르고, 나도 모른다.

주어진 오늘 이 시간에 최선을 다하는 길밖에 없다.

'고도원의 아침편지' 집필실에서

고도원

• 차 례 •

2장 천 년을 우뚝 서 있는 나무처럼 당신의 주름은 멋집니다

4장 하루라도 더 사랑할 수 있는 우리는 행복합니다

부모님이 살아 계신다면 꼭 해드리고 싶은 일

1장

부모님 그늘 아래서

제가 이만큼 자랐습니다

하나 • 홍시 - 좋아하는 것 챙겨드리기

살아생전 어머니께서 유난히도 좋아하시던 것이 있었다. 바로 잘 익은 홍시였다.

어머니는 유독 홍시를 좋아하셨다. 얼마나 좋아하셨는지 한 자리에서 몇 개씩을 드시기도 했다. 홍시를 드시면서 나와 눈이 마주치면 "네가 뱃속에 있을 때부터 홍시가 참 맛있어졌단다."라고 말씀하시곤 했다.

어머니의 활짝 핀 웃음을 보는 것은 너무나 쉬웠다. 홍시 몇 개면 되었기 때문이다. 잘 익은 홍시를 바라보는 것만으로도 어머니의 표정은 금세 밝아지곤 했다. 그러면 덩달아 내 표정도 달라졌다. 별것도 아닌 홍시를 어머니께서 환하게 웃으며 맛있게 드실 때, 나도 더없이 즐겁고 기뻤다.

어머니는 내가 사드리는 홍시를 특히 좋아하셨다. 그러다

보니 어느덧 어머니께 홍시를 공급하는 것은 내 몫이 되었다. 3남 4녀 형제 중에 아무도 내 영역을 침범하지 못했다.

해마다 가을이 돼 신문 한 귀퉁이에 붉은 감이 매달린 사진이라도 실릴 즈음이면, 나는 어린아이처럼 들뜨곤 했다. 그리고 그 해 첫 번째 홍시를 만났을 때의 기쁨이란! 첫눈을 만난 것만큼 부푼 기분이었다. 하도 많이 사다보니 홍시에 대한 안목이 생겨서 어떤 게 맛있는지, 어떤 게 최고인지 구별할 수 있게 되었다.

하지만 최고의 홍시를 고르는 방법은 의외로 간단하다. 늘 가장 비싼 놈을 찾으면 된다. 어머니께 드릴 홍시를 살 때, 나는 무조건 가장 비싼 것으로만 골랐다. 나는 그 돈만은 아끼지 않았다. 오히려 단골가게에 웃돈까지 얹어주면서 샀다. 나중엔 가게 주인도 최고로 좋은 홍시를 가져다놓았다며 나를 찾았다.

그러던 어느 날이었다. 밤늦게 귀가하는 내게 어머니께서 "오늘따라 어째 홍시가 먹고 싶다."고 말씀하셨다. 나는 대뜸 "참, 그러고 보니까 요즘 홍시를 사드리지 못했네요. 내일 꼭 사드릴게요."라고 대답했다.

그러나 이런저런 일로 귀가가 계속 늦어지면서 며칠이 지났고, 어머니께 홍시를 사드리겠노라고 했던 약속을 깜박 잊고 말았다. 내가 밤늦게 귀가하면 나를 맞는 어머니의 눈빛이

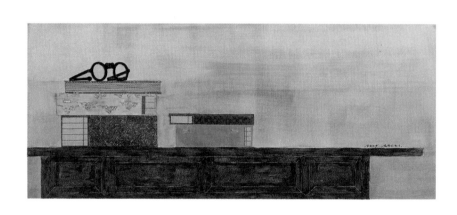

잠깐 빛났다가 순간 사그라지는 것을 나는 끝내 감지하지 못했다. 그렇게 며칠이 또 지났다.

그날도 늦게 귀가하는 길이었다. 휴대전화가 울려 받아보니 아내였다. 다급한 목소리였다. 어머니께서 위독하시다는 것이었다. 어머니는 점심까지 맛있게 드시고 해거름에 밖에 나가셨다가 쓰러져 다른 사람에게 업혀 들어오셨는데, 돌아가실 것 같다는 얘기였다. 총알같이 달려 집에 도착했으나 어머니는 이미 돌아가신 뒤였다. 아들의 귀가조차 기다리지 못한 채 세상을 떠나셨으니, 나는 임종도 지키지 못한 불효 아들이 되고 말았다.

체온이 식어가는 어머니의 몸을 끌어안는 순간이었다. 내 머리를 천둥 번개처럼 내리치는 것이 있었다.

"홍시!"

어머니가 그렇게 좋아하시던 홍시를 정작 돌아가시기 전에는 챙겨드리지 못한 것이다. 그것이 내게는 두고두고 여한으로 남는다.

이제 홍시를 맛있게 드시던 어머니는 이 세상에 안 계신다. 그래도 가을이 오면 나는 어김없이 터질 듯 잘 익은 홍시 앞을 그냥 지나치지 못한다. 잘 익은 홍시를 볼 때마다 어머니 생각이 나고, 가슴 한켠이 아려온다.

：

우리 어머니들이 좋아하는 음식이 몇 가지 있습니다. 물에 만 식은 밥, 생선 가시와 그 가시에 붙은 얄팍한 살점, 알맹이는 다 깎고 남은 사과 꼬투리, 뭉개진 딸기…….

우리는 오랫동안 그것들이 정말로 어머니가 좋아하는 음식인 줄로만 알았습니다.

어머니에게도 당신이 진짜로 좋아하는 음식이 있습니다. 그것이 무엇인지조차 모르고 있다면 그건 큰일입니다. 잘 살펴보십시오. 그것 하나면 어머니의 표정이 금세 달라집니다. 그리고 매우 행복해하십니다. 그것을 어머니가 살아 계실 때 챙겨드리는 것, 나에게는 작은 수고이지만 어머니에게는 큰 기쁨입니다.

어머니가 돌아가신 후 두고두고 후회를 남기지 않기를 바랍니다.

둘 *비밀 통장 – 목숨 걸고 용돈 드리기

아침 운동을 위해 나선 어둑한 새벽길에서 또 영우 씨를 만났다.

"아니, 또 밤샘했어요? 몸 좀 위해주세요."

"젊어서 너무 위했더니 나이 먹어 이 고생이네요."

사람 좋은 웃음으로 인사를 받는 그와 따끈한 우동 한 그릇으로 새벽을 맞던 어느 날, 나는 그의 흐뭇한 비밀 하나를 알게 되었다.

영우 씨는 삼형제 중 막내다. 머리가 좋고 1등을 도맡아 수재로 이름을 날렸던 큰형, 우직하고 끈기 있어 집안의 든든한 기둥이었던 둘째형. 두 형들은 어렸을 때부터 부모님의 자랑거리였다.

그리고 막내인 그가 있다. 형들처럼 드러나게 잘난 구석이 없던 영우 씨는 두 형의 그림자에 짓눌려 지내야만 했다. 두 드러진 재능 대신 여리고 예민한 감성을 지니고 있던 그로서는 늘 자신이 초라하기만 했고, 그것은 안으로 깊은 상처가 되었다.

영우 씨는 집안에서 자신의 자리는 없다고 생각했고, 사춘기에 접어들자 마음은 갈피를 못 잡고 이리저리 흔들렸다. 밖에 나가 주먹다짐도 하고 술에 절어 지내기도 했다. 그런 행동들은 자신을 가족으로부터 더더욱 멀어지게 했고 스스로를 고립시켰다.

불안감과 외로움을 잊으려 가까이 하게 된 술은 실수를 불렀고, 그런 막내를 지켜봐야 했던 부모님은 늘 걱정이 떠나질 않았다. 수렁 속을 헤매던 시절이었다.

요동치던 세월의 파도는 이제 그를 제자리에 내려놓았다. 살던 집까지 날려가며 강박적으로 벌였던 일들도 이제 모두 접었다. 뒤늦게 적성을 찾아 직장에 들어간 후 2, 3일에 한 번은 밤샘을 해야 하는 힘든 여건 속에서도 잘 버텨 나가고 있다. 알뜰한 아내 덕에 새로 아파트도 장만했고, 빠듯하지만 적금도 붓고 있다.

그 세월 동안 부모님은 나날이 쇠약해지셨고 마음도 많이 지치셨던 모양이다. 남은 생을 고향의 흙 속에서 살겠다며 낙향하신 것이 두어 해 된다. 간혹 전화기 너머로 들려오는 목

소리에는 아직도 막내에 대한 염려와 근심이 깃들어 있다는 것을 그는 느낄 수 있다. 예전 같았으면 반발했을지도 모른다. "제가 그렇게 못 미더우세요?" 하면서.

하지만 이제 그의 나이도 불혹을 넘었다. 고된 현실 속에서 남자의 역할, 아버지의 역할에 대해서도 깊이 돌아볼 수 있었다. 부모님 가슴에는 똑똑한 큰형이나 든든한 둘째형만으로 채울 수 없는 자신만의 빈 자리가 있다는 것도 이제는 안다.

흐린 형광등의 낮은 소음까지 감지되는 깊은 밤. 어느덧 창밖의 차 소리마저도 뜸해지고 있을 때였다. 설날 귀성객들은 이미 고향집의 따뜻한 온기 속에서 단잠에 빠져 있을 시간이지만, 이번 설에도 영우 씨는 고향에 내려가지 못한 채 밤샘 근무를 하고 있다.

컴퓨터에 고정되어 있던 시선을 오른쪽 책상 서랍으로 향한 영우 씨는 살며시 서랍을 열었다. 그의 손이 서랍 속에 쌓인 몇 개의 노트 사이를 헤집고 저 깊은 곳으로 들어갔다. 잠시 후 안쪽 깊숙이 넣어두었던 통장이 그의 손에 들려 나왔다.

통장을 펼쳐보는 영우 씨의 얼굴에 기쁜 빛이 어렸다. 흐린 불빛도, 그리고 점점 노안으로 변해가는 눈에도 그 숫자는 선명히 들어왔다. 꼭 한 번 남았다. 다음 달이면 적금을 탈 수 있다. 먹고 싶은 음식 안 먹고, 옷태가 좋은 그가 입고 싶은 옷 안 입고 아껴 모은 돈이다. 이번 설을 아버지와 같이 보내지는 못하지만, 다음 달에는 이 적금을 타서 아버지 앞에 내놓고 그동안의 일에 대해 용서를 빌리라.

이미 새해는 밝아오고 있었다. 창밖에 어슴푸레 여명이 비치기 시작했다. 영우 씨는 참으로 오랜만에 진정으로 새해를 맞이하는 기분이었다.

:

성장한 자식들로부터 용돈 받는 것을 싫어하는 부모님은 안 계십니다. 그 기쁨에는 물론 경제적인 만족도 있지만, 어느 새 사회에서 한몫하고 있는 자식에 대한 대견함도 담겨 있습니다.

하지만 빠듯하게 살아가는 자식들 걱정이 앞서 "아니다." "괜찮다."며 사양하실 때가 많습니다. 그럼에도 불구하고 용돈은 꼭 챙겨드리는 것이 좋습니다. 가능하면 정기적으로 드리도록 하고, 생신 때는 잊지 말고 꼭 드려야 합니다.

조금 더 마음을 쓴다면, 적은 돈이더라도 부모님 이름으로 된 통장을 하나 만들어드리는 것도 참 좋습니다. 그 어느 것보다도 실질적이고 든든한 선물이 될 테니까요.

우리에게 '당신의 인생'이라는 통장을 아낌없이 던져주신 부모님. 이제는 우리가 돌려드릴 차례입니다.

셋 "다시는 안 그럴게요."

ㅡ 그 가슴에 내가 박은 못 뽑아드리기

야이… 잘먹고 잘살아라!

나는 그말이 그토록 엄마를 화나게 하는 말인지 몰랐어.

그리고 그토록 엄마를 변하게 만드는 말인지도 몰랐어.

엄마는 다시는 부모한테 그런말 하지말라고 수십번 다짐을 받아냈고

엄마는 그 날 밤까지 나랑 얘기하지 않았어.

그리고 그날밤 나는 엄마한테 사과했어.

엄마… 미나네요…

다시는 그런말 안하게요…

엄마… 못먹구 못살았으면 좋겠어요… 정말이예요.

그리고 엄마 가슴에 얼굴을 묻고 엉엉 울었어.

엉엉

카툰·홍승우

어린 시절, 아마도 여러 번 부모님께 해서는 안 될 말을 해서 매를 맞고, 다시는 그러지 않겠다고 다짐했던 기억들이 더러 있을 것이다. 아무것도 모르고 철없이 내뱉었던 그 시절의 실수들은, 뉘우침과 반성도 빠르고 용서 또한 금세 뒤따르곤 했다.

그런데 속이 멀쩡하게 꽉 찬 나이가 된 다음에도 간혹 부모님 마음에 깊은 생채기를 남기는 실수를 곧잘 저지르곤 한다. 몰라서가 아니다. 잘 알면서도, 아니 알기 때문에 더 깊은 상처를 남길 말과 행동을 저지른다. 안 그래야지 하면서도 불쑥 튀어나오는 말들, 부모님의 가슴에 못을 박는 말들……. 더욱 안타까운 것은 이제는 매를 맞지도 않고, 꾸중을 듣지도 않고, 품속을 파고들며 용서를 구하지도 않는다는 것이다. 너무 커버렸기 때문에.

자식들은 자신이 내뱉은 말로 인한 부모님의 상처가 세월과 함께 망각의 흙더미에 가려져 그 상처의 흔적이 모두 사라졌다고 생각하기 쉽다. 그러나 부모님 가슴의 상처는 생명력을 가진 씨앗처럼 펄펄 살아 있다가 세월의 흙더미를 뚫고 돋아나 억센 덤불로 자리하고 있다. 단지 모두 씻긴 양 표현하지 않고 계실 뿐이다.

'말로 인한 상처는 마치 마르지 않은 시멘트 위에 뿌려진 모래처럼 단단하게 박히게 된다.'는 말이 있다. 그 상처는 뿌리를 뽑아내고, 시멘트를 깨기 전에는 사라지지 않는다. 상처를 만든 자식의 눈물로 씻어드리기 전에는 영원한 화인처럼 남아 있을 뿐이다. 그 중에는 열 번 용서의 눈물을 흘려 씻겨질 수 있는 상처도 있겠고, 백 번 눈물을 흘려도 씻겨질 수 없는 상처도 있을 것이다.

따뜻한 봄날의 꽃들 사이에서, 여름날 시원한 나무 그늘 밑에서, 아니면 고운 빛깔 단풍을 바라보는 가을날이나 눈 쌓인 겨울의 어느 밤이라도 좋다. 오래전 부모님 가슴속에 박았던 못을 뽑아드리자. 그 아픈 상처를 말끔히 씻어드리자.

"죄송해요. 정말 잘못했어요. 다신 안 그럴게요."

그 순간 저 깊은 곳에서 녹아 내리는 진한 눈물을 확인할 수 있을 것이다.

:

부모님은 이미 오래전에 자식을 용서하셨습니다. 상처가 아직 아물지는 않았지만, 그래서 때때로 가슴이 저리고 아파오지만, 자식에 대한 믿음과 사랑은 여전합니다. 원망 같은 것은 더구나 없습니다.

하지만 부모님의 가슴속에 박힌 굵은 못은 그대로입니다. 그 못을 빼드리는 것은 오직 자식만이 할 수 있는 일, 진심으로 사죄하고 눈물로 씻어드려야 합니다. 용서를 구하는 눈물 말고는 다른 방법이 없습니다. 한 번으로 안 되면 열 번, 백 번이라도 눈물을 쏟아 그 못을 녹여내야 합니다.

넷 • 고향집 ― 엄마 앞에서 어리광 피우기

우경숙 씨의 별명은 '자두 처녀' 다. 언제인가 고향에서 부모님이 농사 지으셨다는 자두를 한 상자나 보내왔던 경숙 씨. 상큼한 자두처럼 애교 많고 사랑스러운 아가씨다.

그런 경숙 씨가 요즘 실업자 신세다. 다니던 회사를 그만두고 지금은 시골집에 내려가 쉬고 있다. 남들은 정리해고를 걱정하며 몸을 사리는 때에 그녀는 덜컥 회사를 그만두고 말았다. 마음 고생도 싫고, 자신의 뜻과 상관없이 벌어지는 조직 내 일에 염증이 나서 그냥 사표를 던졌다. 좀 쉬고 싶은 마음도 있었다.

어린아이 같은 결정이었을까? '다시 취직 못하면 농사라도 지으면 되겠지.' 하는 치기 어린 마음도 몇 퍼센트쯤 있었다. 고향에는 언제나 부모님과 고향땅이 있다는 것이 그녀에게는 든든한 백이었기 때문이다.

한창 농사철이라 부모님은 새벽부터 저녁까지 쉴 사이 없이 바쁘시다. 처음에는 빈둥거리고 있는 그녀를 걱정하시는 눈치였지만, 농사일이 분주하다 보니 그녀에 대한 생각도 뒷전이 되었는지, 집에 오면 쓰러지듯 누워버리신다. 더구나 오랫동안 비가 오지 않아 무척이나 걱정스러우신 듯했다.

매일 일기예보를 확인하며 비 오는 날을 기다리는 아버지의 얼굴은 점점 어두워졌다.

두 분은 하루 종일 밭에서 사신다. 동이 트기도 전에 일어나 밭에 물을 대러 나가셔서 해질 무렵에야 바깥일을 마치신다. 뜨거운 햇볕 아래에서 일하시느라 두 분 모두 벌써 검게 그을리셨다. 러닝셔츠 차림으로 일하는 아버지가 집에 돌아와 옷을 벗으면 옷 입은 자리만 하얗게 도드라져 보였다. 종일 햇볕을 받은 팔뚝은 자두처럼 빨갛게 익어버렸고…….

시골집에 돌아온 경숙 씨도 밭에 나가 일을 도왔다. 고작 사흘이었다. 그러고는 많이 부끄러웠다. 차라리 그만뒀던 회사로 돌아가고 싶을 만큼 농사일은 힘들었다. 허리는 끊어질 것 같았고, 땀도 비 오듯 쏟아졌다. 겨우 사흘 일하고 이렇게 몸살이 나는데, 이 힘든 일을 30년씩이나 하신 부모님은 얼마나 힘드셨을까.

4남매의 막내인 그녀는 어려서부터 농사일을 해본 적이 없

다. 오빠나 언니는 부모님을 도와 밭일도 하고 가축 돌보는 일도 했지만, 그녀만은 예외였다. 늦둥이라고 곱게만 키우고 싶었던 부모님의 마음이었을 것이다.

그런데 그렇게 사랑받고 자란 막내딸은 도리어 부모님을 창피해했다. 친구들 부모님보다 나이도 많은 데다, 농사일 하느라 일찍부터 쭈글쭈글해진 얼굴이 남 보기에 부끄러워 부모님이 학교에 오시는 것도 싫어했었다. 그 못난 마음이 이제야 그녀 가슴을 아프게 친다.

일찌감치 저녁상을 물리고 쓰러지듯 자리에 누우신 어머니 옆에 그녀도 몸을 누인다. 덥다며 물러나는 어머니의 허리를 꼭 끌어안은 경숙 씨, 자기도 모르게 콧소리를 낸다.

"엄마, 나 머리 쓰다듬어줘. 옛날처럼."

어머니는 까칠한 손으로 딸의 머리를, 볼을, 이마를 쓸어주신다. 어린 시절 그랬던 것처럼.

"아유, 우리 막내. 이렇게 고운 딸내미 아까워서 어떻게 시집 보내누. 직장 같은 거 걱정 마라. 우리 복덩이, 다 잘 될 테니까⋯⋯."

:

간혹 우리는 아무 걱정 없던 어린 시절을 그리워합니다.

부모님도 마찬가지입니다. 언제나 우리의 어린 시절을 기억
하며 함께 그리워하십니다.

당신 품으로만 파고들던 어린 것들이 성장해 자기 길을 찾
아 나서는 것이 대견하면서도 한편 섭섭해지는 것이 부모
마음입니다.

부모님 이불 속에 쏙 들어가 등 뒤에서 꼭 껴안아보십시오.

그 품에 다시 파고들거나 어머니 무릎을 베고 누워 있으면,

오래전 기억이 한순간에 떠오를지 모릅니다.

한 몸으로 연결돼 있던 그 시절이.

다섯 ● 호스피스 병동
— 전화 자주 걸기, 가능하면 하루 한 번씩

산소 호흡기 소리, 욱욱 대는 구토 소리, 크고 작은 흐느낌
소리……. 언젠가 호스피스 병동을 방문했을 때 내게 깊은
인상을 남긴 것은 병동 안에서 간간이 들려오는 소리들이었
다. 삶과 죽음의 경계선이 있는 그곳을 흐르는 갖가지 소리들
에는 절박함이 배어 있었다.

호스피스 병동을 취재한 《조선일보》 사회부 기자의 블로그
글을 읽으면서도 나는 그때의 '소리'들을 떠올렸다.

호스피스 병동에는 임종을 앞둔 말기 암 환자들과 그들을
돌보는 자원봉사자들이 있다. 서른도 채 안 된 나이에 말기
암의 고통 속에 누워 있는 아가씨. 손목 위의 링거 줄마저 무
거워하며 몸부림치는 중년의 환자. 70킬로그램이 넘던 몸이

이제 45킬로그램밖에 안 된다는 어느 환자는 아직 죽음을 받아들이지 못해 괴로워했다. 그의 곁에는 차분한 눈빛의 호스피스 봉사자가 그의 손발을 어루만지며 나직이 이야기를 받아주고 있다.

누구도 처음부터 죽음을 편안하게 받아들이지는 못한다. 믿고 싶지 않아 부정하고, 왜 하필 나에게 이런 일이 일어났느냐며 분노한다. 그렇게 지옥 같은 시간이 지난 다음에야 서서히 현실과 타협하며 마지막임을 인정하게 되는 것이다.

죽음에 직면한 사람은 사랑하는 사람들을 그리워한다. 과거에 사랑을 나누었던 사람을 만나고 싶어하고, 자신의 잘못으로 어긋난 사랑의 관계를 회복시키고 싶어한다. 그들은 화해하고 용서하고 용서받고 싶어한다.

그러나 이들 곁에는 가족조차 함께하지 못하는 경우가 많다. 생업 때문이기도 하지만, 긴 투병 기간 동안 지칠 대로 지쳐버린 가족들에겐 이미 온화한 손길조차 말라버린 것이다. 그래서 그 자리를 호스피스 봉사자들이 대신하곤 한다.

죽음을 곁에 두고 있는 이들이 가장 두려워하는 것은 사랑하는 사람의 기억에서 지워지는 것이다. 병동에 있는 말기 암 환자들의 두려움도 대부분 '사랑하는 사람과의 단절'에서 오는 것이었다. 사랑하는 가족을 염려하면서, 그들을 기다린다.

글을 훑어가던 내 눈을 오래도록 머물게 했던 대목이 있다. 외아들이 사법시험을 준비하고 있어 방해가 될까봐 일부러 전화도 안 한다던 말기 폐암 환자는 손에서 휴대전화를 내려놓지 않았다. 링거 줄도 무겁고, 환자복 무게마저 천근 같다는 그 몸에도 휴대전화만은 꼭 쥐고 있었다. 이유를 묻는 기자에게 그는 대답한다.

"혹시나 아들한테서 안부 전화가 올지도 모르니까요."

⋮

한시도 전화기를 떼어놓고 살지 못하는 세상입니다. 통화도 모자라 문자 메시지에 이메일에 메신저에……. 우리는 쉼 없이 누군가와 소통하고자 합니다.

그런데 그 '누군가' 속에 혹시 부모님도 포함되어 있나요? 우리가 소통에 목말라 있듯, 부모님은 자식들과의 소통에 목말라하십니다. 아니, 호스피스 병동의 환자들처럼 천국과 지옥을 넘나들며 행여나 자식들의 전화가 걸려올까 전화기 앞을 서성대실지도 모릅니다.

자주 전화하세요. 되도록 하루에 한 번은 전화하세요.

할 말이 없으면 가끔은 "오복순 씨!" 하고 어머니 이름을 장난스레 불러보세요. "나 오복순 아닌데요." 하며 장난을 받아주실지도 모르니까요.

수화기 너머 저편에서 들려오는 어머니의 목소리에는 분명 행복이 묻어 있을 겁니다.

인터넷 카페에 올려진 글들을 읽다가 '조폭 아빠의 눈물'
이라는 제목이 눈에 띄었다. '조폭'과 '아빠'라는 어울리지
않는 두 단어의 조합에 호기심이 생겨 그 글을 클릭했고, 읽
다보니 글에 나오는 인물은 일반적으로 생각하던 그 '조폭'
은 아니었음을 알게 되었다. 그리고 처음엔 단순한 호기심으
로 읽게 되었으나, 다 읽은 다음에는 호기심보다 더 큰 것을
얻을 수 있었다.

내 가슴에 잔잔한 울림을 남긴 그 글을 여기에 옮긴다. 최
관하 선생님의 글이다.

병혁이가 한숨을 내쉬었다.

"선생님, 정말 이거 해야 해요? 저는 정말 아빠 소리만 들

어도 화가 난단 말예요. 우리 아빠만 보면 조폭이 생각나는 것 아세요? 제가 아빠보다 힘만 더 세다면 그냥⋯⋯."

'아빠를 사랑하는 스무 가지 이유.' 색지를 앞에 두고 나를 바라보며 말하는 병혁이의 눈빛이 심상치 않았다. 다른 아이들도 차이는 있었지만 거의 같은 분위기였다. 우리 아이들의 목소리로, 마음속에 잠재되어 있는 아빠에 대한 사랑의 마음을 끌어올리고자 매년 실시하고 있는 '아빠를 사랑하는 스무 가지 이유' 쓰기는 항시 이런 난관에 봉착했다.

그러나 교사가 소신과 확신을 가지고 나아갈 때는 놀라운 감동이 있는 법.

"병혁아, 우리 용기를 내보자, 응? 너희 아빠는 너를 사랑하지 않는 것이 아니거든. 아빠 세대는 할아버지, 아니 그 이전부터 사랑한다는 고백을 듣지 못하고 자란 세대라서 너에게 그런 말 하기가 어색한 걸 거야. 네가 용기만 좀 내면 정말 놀라운 일이 생길 거야. 선생님 말 한번 믿어보고 용기를 내면 좋겠다."

병혁이는 조금 자신감을 얻었는지, 한 달 정도 걸려 그 스무 가지를 다 써냈다. 다른 아이들도 다 쓴 것을 확인한 나는 두 번째 과제를 냈다.

"얘들아, 수고했다. 이제 아빠하고 일 대 일 자리를 만들어서 너희들이 쓴 것을 꼭 읽어드리렴. 꼭 일 대 일이어야 해!

그리고 아빠의 반응을 뒷면에 적어오면 돼. 알겠니?"

아이들은 "악악"거리며 "말도 안 돼!"를 외쳤지만, 의외로 병혁이는 담담한 눈빛이었다. 이미 어떤 결심을 한 듯했다.

집에 돌아간 병혁이는 아빠에게 자신이 쓴 글을 읽어드리기로 하고, 안방에서 텔레비전을 보고 계시는 아빠에게로 다가갔다.

똑똑!

"뭐야!"

순간 아빠의 목소리가 터져나왔다. 병혁이는 잠시 움찔했으나 다시 용기를 내어 말했다.

"아빠! 저예요."

"뭐야?"

"저…… 숙제가 있어서요."

"아니, 이 자식이…… 숙제가 있으면 니 방에서 할 것이지, 왜 여기까지 온 거야?"

천둥 같은 아빠의 목소리와 좋지 않은 반응에 순간 '하지 말까' 생각했던 병혁이는 다시 마음을 다잡았다. 그리고 천천히 말했다.

"아빠, 아빠가 도와주셔야 해요. 5분이면 되거든요. 잠시 들어가면 안 될까요?"

아빠는 어쩔 수 없다는 듯이 또 한번 소리쳤다.

"그럼, 빨리 와서 하고 가!"

병혁이는 살며시 문을 열고 방으로 들어갔다. 그러고는 아빠가 보던 텔레비전을 '톡' 껐다. 그러자 아빠가 손을 번쩍 치켜들었다. 당장이라도 한 대 내리칠 듯한 기세였다.

"아니, 이 자식이 테레비를 왜 끄는 거야? 응?"

병혁이는 그 말에 대답을 피하고 얼른 방바닥에 앉으며 말했다.

"아빠, 잠깐 저 좀 보세요."

아빠와 병혁이의 눈이 순간적으로 마주쳤다. 부자가 서로 마주한 순간, 그것이 이토록 어색할 줄이야. 아빠도 어쩔 줄 몰랐고, 병혁이도 어찌해야 할지를 몰랐다.

"아빠, 죄송해요…… 잠깐이면…… 되거든요…… 5분이면 돼요."

병혁이는 두려움과 어색함 때문에 부들부들 떨며, 아빠 앞에서 난생 처음 '아빠를 사랑하는 스무 가지 이유'를 읽기 시작했다.

"아빠를…… 사랑하는…… 스무 가지…… 이유!"

병혁이가 여기까지 읽었을 때 갑자기 아빠의 오른팔이 날아왔다. 아빠의 팔에 갇힌 병혁이는 이게 어찌 된 일인가 어리둥절하기만 했다. 아빠의 팔이 병혁이의 목덜미를 휘감아 아빠의 가슴팍에 안겨진 상태였다.

'나는 이제 죽었구나. 역시 괜히 했어. 아빠가 화가 난 거야. 에유, 선생님은 괜히 이런 것 시켜가지고……'

여러 생각이 순식간에 지나갔다. 그런데 이상했다. 병혁이의 귀에 점점 빨라지고 있는 아빠의 심장 박동 소리가 들려온 것이다. 그리고 잠시 후 아빠가 팔을 풀었을 때 병혁이는 상상할 수도 없는 광경을 보게 되었다. 아빠의 눈에 눈물이 그득하게 고여 있는 것 아닌가. 아빠는 울고 있었다.

병혁이가 용기를 내어 '아빠를 사랑하는 스무 가지 이유' 라는 제목을 읽는 순간 아빠의 마음은 이미 녹아내리고 있었다. 그리고 아빠의 마음에는 차마 입 밖으로 내지 못한 뜨거운 이야기가 눈물을 타고 흐르고 있었다.

'내가 이 녀석을 위해 뭘 했다고 나를 사랑한다고 고백한단 말인가. 매일 야단만 치고 때리기만 하지 않았던가. 그런데 지금 이 녀석은 나를 사랑하는 스무 가지 이유를 읽으려 한다. 아! 아들아, 미안하다…… 정말 미안하다……'

:

우리는 쑥스러움 때문에 부모님께 "사랑한다"는 말을 잘 하지 못합니다. 그러나, "사랑한다" 말할 시간이 그리 많지 않습니다. 오늘이라도 당장 부모님께 "사랑한다"고 말하십시오. 그리고 그 말대로 부모님을 사랑하십시오.

부모님이 건강하실 때 사랑하십시오. 편찮으실 때 더욱 사랑하십시오. 행복해하실 때 사랑하십시오. 불행하시다 싶을 때 사랑하십시오. "사랑한다"는 말보다 더 좋은 말은 이 세상에 없습니다.

일곱 • 홍어 반 마리 - 마음이 들어 있는 건강식품 챙겨드리기

소년은 오늘도 어김없이 어물전 앞에 서 있다. 문간에 걸려 있는 넓적한 홍어의 표정이 반갑다고 히죽 웃고 있는 것 같다. 소년은 괜히 쑥스러워져 소맷단으로 콧물을 쓱 훔친다. 얼마나 코를 문질러댔는지 맨들맨들해져 있는 소맷단 위에 새까만 콧물이 묻는다.

아차! 아까 학교에서 조개탄을 갈고 나서 탄가루들이 얼굴에 묻어 있는 것도 모른 채 그대로 달려왔나 보다. 그럼 조금 전 홍어의 찌그러진 입매는 검댕이가 묻었다고 놀렸던 것이었나?

소년은 이번엔 저고리 앞자락을 들어올려 수건처럼 잡고는 얼굴을 쓱쓱 문지른다. 한참 동안 빨지 않아 때가 꼬질꼬질 묻어 있는 옷자락에 새까만 검정이 한꺼풀 덧씌워진다. 오늘은 가서 빨래도 좀 해야겠다. 그러자면 오늘은 정말 얼른 말을 꺼내야 할 텐데…….

학교가 끝난 후 바로 어물전 앞으로 달려온 것이 벌써 사흘째. 주인 아주머니에게 말이라도 해봐야겠다고 마음먹었지만 번번이 돌아서야 했던 것도 벌써 사흘째다. 어제 주인 아주머니가 먼저 말을 걸어올 때는 무슨 죄라도 지은 양 꿀 먹은 벙어리가 된 채 달아나버렸지만, 오늘은 정말 용기를 내야지 하고 몇 번이고 다짐을 한다.

일곱 살 난 이 소년에게는 지금 저 문간에 매달려 있는 큼직한 홍어가 절실히 필요하다. 세상에 단 하나뿐인 어머니, 그 어머니 때문이다. 어머니는 어느 날부터인가 시름시름 기운을 잃더니 벌써 백 일 가까이 자리에 누워 계신다. 병원에 가봐도 소용이 없다. 오래 못 산다는 얘기만 해줄 뿐, 어떤 방도도 알려주지 않는다. 돈도 없다.

그런데 며칠 전, 죽만 겨우 넘기던 어머니가 느닷없이 홍어를 좀 드시고 싶다고 하셨다. 오래전 아버지와 함께 드셨던 홍어 맛이 그렇게 좋았다고 하시면서…….

아마도 소년이 어머니 뱃속에 있을 때였던가 보다. 아버지는 소년이 태어나기도 전에 전쟁터에서 세상을 떠나셨다. 어머니는 아마도 홍어 맛보다, 그때 곁에 계셨던 아버지가 몹시도 그리우셨는지도 모른다.

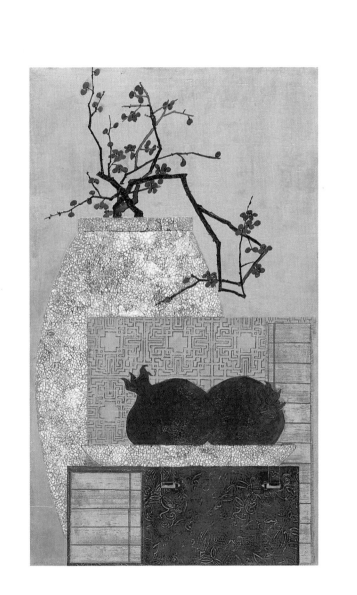

홍어가 드시고 싶다는 어머니 말씀을 들은 그날부터 소년은 어물전 앞에 나와 있다. 어물전에 선뜻 들어가 돈을 치르고 큼직한 홍어 한 마리를 들고 나오면 좋으련만, 그럴 형편이 못 된다.

얼마쯤 뒤였다. 가게 안쪽에서 파리를 쫓던 주인 아주머니가 소년을 발견했다. 눈이 마주치자 소년은 슬그머니 벽 쪽으로 몸을 숨겨보지만, 아주머니는 얼른 바깥으로 나와 소년을 불렀다.

"너 또 왔구나. 아니 그런데 왜 계속 여기만 서 있는 거냐?"

"저……."

"뭐 먹고 싶은 거 있어?"

"아니, 제가 아니고요. 어머니가…… 홍어를……."

여기까지 말하다가 소년은 울컥 목이 멘다. 이것저것 묻는 아주머니 앞에 결국 자초지종을 이야기하게 된 소년의 눈에서 굵은 눈물방울이 뚝뚝 떨어졌다.

"그럼 진즉 말을 해야지. 앞에 그렇게 서 있기만 하면 어떻게 그 사정을 아누……."

주인 아주머니는 소년의 볼 위로 떨어지는 눈물을 쓸어주었다. 그러고는 문간에 매달려 있는 그 큼직한 홍어 한 마리를 내려 반을 뚝 자르더니 소년 손에 넙적 안겨주었다.

"너 이놈, 이 다음에 돈 벌어서 꼭 갚아라!"

그러면서 선선하게 웃었다. 소년은 인사도 제대로 못한 채 홍어 반 마리를 들고 집으로 달려왔다. 홍어를 푹 삶아 드신 어머니는 며칠 후 거짓말처럼 자리를 털고 일어나셨다. 건강을 다시 회복하신 것이다. 그후로 소년은 홍어는 '생명을 찾아주는 귀한 음식'이라고 믿게 되었다. 머리가 희끗해진 지금까지도 말이다. 그 소년이 자라 지금은 대학 교수가 되어 있다.

어린 시절 학교에 공부하러 가는 대신 석탄을 갈고, 잔심부름을 하며 가난한 생활을 꾸려야 했던 그 소년은, '선생'이 되라던 어머니의 뜻을 이루어드리기 위해 뒤늦게 공부를 시작해 교수가 된 것이다. 그는 지금도 홍어만 앞에 놓으면 언제나 일곱 살 소년 시절로 돌아간다.

그에게 홍어는 생명이며 희망이며 어머니이다.

:

부모님은 당신들의 건강을 스스로 돌보지 않으십니다.

아무리 "건강검진 좀 해보세요!"라고 해봐야 소용없습니다.

틀림없이 "난 괜찮다. 너희들이나 꼭 하려무나." 하실 것이 기 때문입니다.

그런 부모님이, 뭐가 먹고 싶다, 하실 때는 보통 일이 아닙니다. '지상명령'입니다. 부모님의 입에서 그 말이 떨어지기 무섭게, 천 리 만 리 길도 달려가 반드시 구해오는 열의가 있어야 합니다.

부모님의 건강은 자식과 함께 지켜가는 것이며, 자식들이 노력하면 돌아가실 뻔한 부모님도 다시 살릴 수 있습니다.

여덟 • 내 인생 돌아보니 참 힘들었네
— 부모님의 일대기 만들어드리기

"내 인생 뒤돌아보니 참 힘들었네 그려."

두꺼운 돋보기 너머로 삐뚤삐뚤 적어 내려간 글을 보며 칠순의 할머니가 한숨을 내쉰다. 전쟁을 겪고…… 그 끔찍한 전쟁 통에 미군에게 성폭행도 당하고…… 겨우 상처를 추슬러 살아보려 했으나 자식이 병을 얻고…… 그나마 제대로 치료 한번 못 받은 채 끝내 세상을 떠나고…….

글을 읽어갈수록 그 가슴에 켜켜이 쌓여 있는 응어리들이 저미도록 전해온다. 그래도 할머니는 한 올 한 올 실타래를 풀어놓듯 지난날을 기록한다. 이렇게나마 글로 풀어내니 속이 좀 풀리는 것 같다며 웃으신다.

복지관에서 '자서전 쓰기' 프로그램에 참여한 할머니의 이야기다.

어렸을 적 추억, 결혼, 시집살이, 자식들 키우던 이야기……. 그 과정에서 겪은 온갖 고난들을 하나씩 돌아보며 복지사들의 도움을 받아 글로 쓰는 작업을 하는 중이다.

그러면서도 할머니에게는 한 가지 아쉬움이 있다. 가슴에 쌓인 한은 많은데, 서리서리 풀어내리면 동지섣달 긴 밤도 모자란데, 자식들은 그 마음을 몰라주기 때문이다. 자식들에게 어쩌다 옛 이야기라도 꺼낼라치면 케케묵은 옛날 얘기 또 꺼낸다며 싫어하고, 그 시절 누구나 그렇게 살았지 않느냐며 심드렁하게 넘겨버리는 것도 못내 섭섭하다.

그런데 복지관 같은 곳에서 자신의 이야기를 들어주고 책으로까지 엮어준다니 그저 반갑고 고마운 일이 아닌가. 죽지 못해 살아왔던 험한 날들이 누군가에게 인정받는다는 기분에 할머니는 마치 잃어버린 인생까지 되찾은 기분이 든다.

그런 점에서 이창호 씨의 이야기는 매우 각별하다. 쉰을 넘긴 이창호 씨는 돌아가신 아버지의 2주기를 맞아 특별한 책을 한 권 엮었다. 아버지가 생전에 남기셨던 유품과 친필 기록, 사진 2백여 점 등을 담아 '아버지의 일대기'라는 제목의 작은 책자를 만들어 아버지 영전에 바쳤다.

열두 살 때 종이상자를 만드는 공장에서 공원으로 일하며 일가를 이룬 아버지의 발자취를 연도별로 빼곡히 담고 있는 책이다.

'1961년. 부친이 전화 주문을 받기 위해 공장에 전화를 들여놓았다. 당시 돈 거금 1만 원을 들여 백색 전화를 설치했다.'

남들에게는 사소해 보이는 것일지도 모른다. 그러나 아버지가 살아왔던 인생의 흔적들이 고스란히 그 일대기에 담겨 있다.

'1998년, 아버지께서는 진지를 목으로 넘기기가 힘들어 코 속에 줄을 삽입해 환자용 음료를 드시기 시작했다. 코 속에 줄을 끼우는 모습을 보는 것이 여간 고통스럽지 않았다.'

뇌일혈로 쓰러지셨던 아버지의 간병 기록들도 아버지의 고통과 눈물의 흔적으로 기록되어 있다.

아들은 2년 동안 아버지의 인생 행적을 하나씩 밟아가며 소중한 기록을 엮어냈다. 그가 세심하게 담아낸 기록은 단순한 책 한 권이 아니다. 아버지의 삶에 대한 아들의 존경과 사랑이 담긴 위대한 선물인 것이다.

：

"육이오 때……." "우리 어렸을 적에는 말이다……."
부모님이 이렇게 운을 떼시면 수없이 듣고 또 들었던 이야기가 이어집니다.

예전에는 그토록 졸립고 지겨웠는데, 나이 들어 되돌아보니 가슴이 미어집니다. 지천명(知天命)의 나이에도 부모님의 '옛 이야기'를 생각하면 언제나 가슴이 먹먹해집니다. 부모님이 반복해서 이야기하시는 사연에는 깊은 역사가 있습니다. 한과 설움과 고통의 역사입니다. 그러므로 언젠가는 그것을 서리서리 풀어내고 싶은 심정을 자식들은 헤아려야 합니다.

책으로 엮어드리지는 못하더라도 간혹 먼저 물어보세요. 부모님의 어린 시절, 첫사랑, 비극과 상처에 대해서.

그리고 손을 꼭 잡고 말씀드리세요. 부모님 당신의 삶은 위대했노라고. 그것을 자식인 제가 기록물로 남겨드리겠노라고…….

아홉 ● 어머니의 기도
— 부모님의 종교 행사에 참가하기

어두운 강물 저편으로 햇살이 부챗살처럼 퍼지는 아침. 애란 씨는 투명한 공기를 가르며 운동을 나가는 이 시간을 가장 좋아한다. 일출의 기운을 온몸에 받는 이 시간의 힘으로 하루를 지탱한다고 믿고 있을 정도다.

하루 중 가장 맑고 신성한 시간. 매일 아침 이 시간이면, 애란 씨의 어머니도 깨어 계신다.

그녀의 어머니는 오늘도 정갈하고 신실한 마음으로 기도를 올리신다. 홀몸으로 딸 하나를 키우며 믿고 의지해온 단 하나의 힘, 당신의 하나님께 기도를 드리는 것이다.

일요일이면 애란 씨의 어머니는 항상 교회 예배에 빠지지 않고 출석하셨다. 그러나 언제나 혼자였다. 애란 씨도 매 주일마다 어머니와 함께 교회로 향하긴 했다. 그러나 그녀는 어

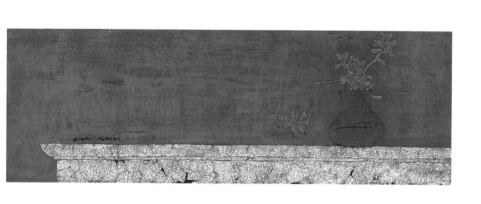

머니를 교회 앞까지 바래다드리곤 돌아섰다.

그녀는 어머니의 하나님 대신 어머니를 믿는다. 그리고 자신을 믿는다. 식탁 앞에서 감사 기도를 드리는 어머니 앞에서 "일용할 양식을 구해온 것은 예수님이 아니라 나잖아요."라고 반발한 적도 있었다.

그러나 어머니는 그녀를 나무라지도 원망하지도 않았다. 집에서도 끊임없이 강론 테이프와 유선 방송의 종교 채널을 틀어놓고 사는 어머니인데도, 딸에게만은 자신의 신앙을 강요하지 않았다.

애란 씨에게는 아버지이자 기둥이며 버팀목이셨던 어머니가 어느 날 갑자기 돌아가셨다. 그날 아침, 여명에 시작되었던 어머니의 새벽 기도가 그녀가 운동을 마치고 돌아올 때까지 끝나지 않았는데, 그 기도는 영원한 마지막이 됐다.

어머니의 장례를 마친 뒤였다. 애란 씨는 어머니의 유품인 두툼한 성경책을 정리하다가 발 앞에 '툭' 하고 떨어지는 쪽지 하나를 발견했다. 거기에는 어머니가 빼곡히 써내려간 기도문이 적혀 있었다. 그 기도문의 첫 머리는 이렇게 시작하고 있었다.

'주여, 저를 용서해주시옵소서. 당신이 사랑하는 제 딸아이를 아직도 당신 앞에 인도하지 못하는 이 죄인을 용서해주시옵소서.'

:

내게 가장 행복한 시간은 군대에서 휴가 나온 아들을 데리고 온 가족이 교회의 맨 앞줄에 앉아 예배 보는 시간입니다. 그 순간 더없이 충만한 행복이 내 가슴을 적십니다.

가족이라도 억지로 강요하기 어려운 부분 중에 하나가 종교 문제일 것입니다. 그러나 누구나 그렇듯, 부모님도 당신이 가장 사랑하는 가족과 함께 당신의 절대자 앞에 서고 싶은 소망을 가지고 있습니다.

비록 그 종교를 믿지는 않더라도 가끔은 부모님의 종교 행사에 참여하고 관심을 가져보십시오. 부모님의 기도 제목 속에 당신의 이름이 맨 윗자리에 올려져 있다는 것을 발견하는 순간, 부모님의 자식에 대한 절대적 사랑과 믿음을 이해하게 될 것입니다.

열 **"엄마 손 닮았네."**
　– 부모님 손에 내 손을 마주 대보기

"손가락을 빨면서 잠든 딸아이 얼굴을 바라보니까 그 나이 때 생각이 나더라구요. 부모가 돼봐야 부모 마음을 알게 되나 봐요."

방송 작가인 성주 씨가 어머니의 환갑 잔치를 끝내고 난 뒤 꺼낸 말이다. '어머니를 닮지 않았네.' 하고 생각했었는데, 그 이유도 그제야 알게 되었다.

다섯 살, 손가락을 빨던 바로 그 나이에 성주 씨는 아주 큰 변화를 겪었다. 자신을 낳아준 엄마와 아버지가 이혼을 했고, 언제까지나 늘 곁에 있을 것만 같았던 엄마는 멀리 미국으로 떠나버렸다. 이혼이라는 게 뭔지도 모르고 엄마가 어디로 떠났는지도 몰랐던 그녀는 할머니 손에 이끌려 유치원에 다니며 자랐다.

그리고 얼마 후, 처음 보는 '아줌마'가 집에 들어왔다. 할머니는 그분이 새엄마라고 가르쳐주었다.

처음 만나던 날 새엄마는 어린 성주 씨의 손을 꼭 잡고 고운 목소리로 말했었다.

"손이 참 예쁘구나. 손이 예쁜 사람은 마음도 착하대."

고운 목소리만큼 상냥하고 친절했던 새엄마가 그녀에게 너무나 잘 해주었기 때문일까? 아니면 너무 어렸기 때문일까? 그녀는 어렵지 않게 '엄마'라는 말을 하게 되었다. 이따금 친엄마 생각이 나기도 했지만, 시간이 갈수록 엄마의 얼굴은 기억 속에 희미해져갔고, 그 빈 자리는 새엄마의 모습으로 채워졌다.

물론 상처로 남아 있는 기억들도 있다. 초등학교에 다닐 때 제일 가깝게 지내던 친구가 있었다. 서로의 집을 무시로 드나들며 웬만한 비밀 얘기도 다 나누던 사이였다. 그런데 그 또래의 사소한 질투가 문제였다. 성주 씨가 다른 아이랑 더 친해진 걸 시샘하던 그 친구가 어느 날 반 아이들 앞에서 말했다.

"넌 엄마가 둘이라서 좋겠다."

그날 이후 성주 씨는 학교에 나가지 않았다. 아니 갈 수가 없었다. 달래고 달래던 아버지는 끝내 그녀의 전학 수속을 밟아야 했다. 그리고 그날 이후, 그녀는 새엄마에게서 조금씩 멀어져갔다. 더욱 노력하고 조심하노라고 했지만 거리는 더욱 멀어져가는 것을 서로 느껴야 했다. 어쩔 수 없는 상처 때문인지 그녀는 사춘기에는 반항도 많이 했고, 대학 입학 때는 어떻게든 집을 떠나고 싶어 일부러 지방 대학을 택하기도 했다.

성주 씨가 결혼하던 날, 새엄마는 그녀를 꼭 안고 하염없이 눈물을 흘렸다.

이제 그녀도 아이 엄마가 되었다. 자신을 떠나야 했던 친엄마의 마음도, 자신을 길러온 새엄마의 마음도 이해할 수 있는 그런 나이가 되었다.

그런 새엄마가 환갑을 맞으셨다. 곱던 얼굴에도 세월이 살포시 내려앉았다. 그녀는 새엄마의 손을 가만히 잡아봤다. 그리고 그 손에 자신의 손을 마주 대봤다.

"엄마 손 참 예쁘네요. 손이 예쁜 사람은 마음도 착하다던데, 제 손 엄마 손 닮았죠?"

:

손을 보면 압니다.

그 사람의 인생 족적과 삶의 모습을……

손을 잡아보면 압니다.

그 사람의 마음과 사랑의 깊이를……

손을 마주 잡는 순간 따뜻해집니다.

아픈 상처가 녹아내리고, 상처에서는 새살이 돋아오릅니다.

손을 마주 잡는 순간 닮아갑니다.

부모와 자식이 닮아가고, 부부가 닮아가고, 친구가 닮아갑니다.

손이 곧 사랑입니다.

열하나 • 박사 학위
– 내가 축하받는 자리에 부모님 모시기

서 박사는 이따금 꿈을 꾼다. 그런데 비슷한 꿈을 유학 시절부터 여러 차례 꾸었다.

꿈 속에서, 멀리 반짝이는 불빛이 보이기 시작한다. 불빛이 점점 더 가까워지고, 그 불빛을 따라 걸음을 옮긴다. 그런데, 웬일인지 두 다리는 힘을 잃고 휘청거려 한 발짝을 옮기기가 어렵다.

그만 주저앉아버릴 듯하던 순간 갑자기 두 다리가 자석에 이끌리듯 불빛을 향해 천천히 옮겨지기 시작한다. 마침내 불빛에 다다른다. 집이다. 그 집을 보는 것만으로도 온몸에 아늑하고 편안한 온기가 돈다.

불빛은 다시 하얀 연기를 타고 날아오른다. 그리고 그 연기를 타고 너무나도 익숙한 냄새가 퍼져온다. 보글보글 끓고 있

는 된장찌개에 맛있게 구어진 고등어구이, 철판 위에서 지글거리는 고기전, 새콤하게 곰삭은 묵은 김치…… . 입맛이 확 돈다. 묵은 김치는 방금 전 항아리에서 꺼내왔는지 시큼한 맛이 코끝으로까지 느껴진다.

아랫목에는 방금 지은 따끈한 밥 한 그릇이 이불 속에 파묻혀 있다. 꿈 속에서도 그 밥그릇의 주인은 누구일까, 하는 생각을 해본다.

두 다리에 힘이 더해진다. 한결 환해진 불빛 사이로 그림자가 움직인다. 구부정한 등으로 연신 부엌을 오가며 음식을 장만하는 그림자다. 그 그림자의 손이 방금 부친 전 하나를 슬쩍 입으로 가져가던 여자아이의 등을 찰싹 때린다.

"어디 큰오빠 음식에 먼저 손을 대? 못써!"

불빛을 따라 어느새 사립문 앞까지 다가온 그를 보고 삽살개가 컹컹 짖는다. 그 소리에 부엌을 오가던 그림자가 뒤를 돌아보더니 환하게 웃으며 말한다.

"내 새끼 이제 왔구나! 오느라 고생했지?"

고향에 계시는 어머니의 모습이다.

서 박사는 언제나 이쯤에서 잠을 깼다.

사실 나도 이와 비슷한 꿈을 몇 차례 꾼 적이 있다. 아마도 고향을 떠나 타향에서 고생해본 사람들은 이런 꿈을 종종 꾸지 않을까 싶다. 서 박사도 마찬가지였다. 그야말로 경제적인 여유도 없이 빈손으로 떠나다시피 했던 유학이었다. 포기하고 싶은 순간이 얼마나 많았겠는가. 그런데 그때마다 그의 두 다리를 일으켜 세운 것은, 꿈에 그림자처럼 나타난 어머니였다고 한다. 유학 시절 그 어떤 고통과 어려움이 닥쳐도 어머니가 있었기에 그는 다시 일어설 수 있었다.

그가 마침내 박사 학위를 받아 기념 파티를 하게 되었다. 평소 잘 알고 지내던 지인들과 은사들을 모시고 축하연을 갖는 자리였다. 식순에 따라 그의 약력과 학위 논문 내용 등이 소개되었다.

다음 순서를 기다리는 사람들 앞에 서 박사의 어머님이 호명됐다. 축하연 자리가 한순간 조용하고 숙연해졌다. 모든 사람들의 시선 속에 등이 굽어 불편한 서 박사의 어머님이 부축을 받으며 단상의 자리로 안내되었다. 어머님은 수줍은 표정으로 어쩔 줄 몰라 했다. 어머님이 단상에 앉으시자 서 박사가 아내와 아이들을 데리고 나와 어머님 앞에 무릎을 꿇고 큰절을 올렸다. 그러고는 나지막이 〈어머님 은혜〉를 불렀다. 객석은 물을 끼얹은 듯 조용해졌다. 손수건을 꺼내 눈물을 찍어내는 하객의 모습도 보였다.

그날, 서 박사는 자신의 박사 학위 모자를, 자신이 힘을 잃고 지칠 때마다 꿈에 나타나 그를 다시 일으켜 세웠던 등대, 어머님께 씌워드렸다.

⋮

명예로운 박사 학위 취득 기념 파티나 수상 기념 파티는 그동안의 노력을 치하받고 축하받는 자리로, 마땅히 당사자가 주인공이 되는 자리입니다. 그런데 자신의 은사와 친구, 후배, 지인들 앞에서 부모님을 모시고 공을 돌리는 모습은 우리에게 코끝이 찡한 감동을 선사합니다.

내가 이룬 오늘의 성취 뒤에는 부모님의 눈물과 기도와 깊은 사랑의 세월이 고스란히 녹아 있습니다. 그걸 자식이 아닌 그 누가 알아드리고 보답해드릴 수 있겠습니까.

2장

천 년을 우뚝 서 있는 나무처럼
당신의 주름은 멋집니다

벚꽃이 눈송이처럼 날리는 계절이 오면 한번쯤 야외에서 도시락 파티를 여는 것도 운치 있는 일이다. 산들 부는 봄바람에 실려 밥숟갈 위에도 콩자반 위에도 물컵 속에도 벚꽃이 쏟아져 내린다. 밥을 먹고 물을 마시는 게 아니라 꽃을 먹고 마시는 기분이다. 도시의 삶 속에서 그런 호사가 어디 흔하던가. 그 순간만큼은 봄날에 취해 세상을 잠시 잊고 신선이 된다.

그런데 그 순간에도 현대판 문명의 이기가 우리를 가만두지 않는다. 여기저기서 휴대전화가 울려대니 말이다.

때와 장소를 가리지 않고 울려대는 전화 소리가 모처럼의 운치를 깨뜨리고 우리를 짜증나게 하지만 그렇지 않은 경우도 허다하다. 정원 씨에게 걸려온 전화가 바로 그런 경우다.

정원 씨의 휴대전화는 벌써 두 번째 울린다. 잠깐 밖에 나가 전화를 하고 오더니 그녀는 한숨을 내쉰다.

전화가 또 울린다. 또다시 어머니 전화다. 출근한 지 두 시간도 안 됐는데 벌써 세 번째 전화다. 또 무슨 볼 일이 있으신 걸까⋯⋯.

"전화하셨어요? 아직도 회의 중이라 길게 통화 못해요."

"이모가 해주는 선 자리, 토요일 3시다. 괜히 약속 잡지 말고, 일 핑계도 대지 말고 비워놔라."

아니, 이것 때문에 전화를 또 하셨단 말인가? 전날 밤에도 아마 다섯 번은 넘게 말씀하신 내용이다. 그러고도 염려가 됐는지 이렇게 출근하자마자 확인 전화를 하고 또 하시는 어머니. 지난번에 회사 일을 이유로 갑작스레 취소했던 일이라 더욱 마음이 쓰이셨던가 보다.

"도망 안 가요. 걱정 마세요."

정원 씨는 얼른 대답하고 전화를 끊었다.

요즘 그녀는 하루에도 몇 번씩 어머니 전화에 시달린다. 표현이 좀 심하다 싶긴 하지만, 같은 내용을 반복해서 주입시키는 통화이다 보니 '시달린다'는 말이 아주 틀린 말도 아니다.

이처럼 어머니의 전화에 시달리는 일은 사실 이날에 국한된 것이 아니었다. 여기에는 상당한 사연이 일찍부터 자라고 있었다.

정원 씨의 어머니는 원래부터 그런 성격은 아니셨는데, 예순 고개를 넘어가면서 이렇게 확인에 확인을 하는 버릇이 생기셨다. 근래에 와서는 특히 더 심해지셨다. 건망증에 대한 노이로제 때문이 아닌가 싶기도 하다. 슈퍼마켓에 갔다가도 정작 사야 할 것은 깜빡 잊고 온다든지, 약속을 까맣게 잊어버린 채 집에 앉아 태연히 전화를 받는다든지, 전화를 끊고도 가스 위에 올려놓은 찌개가 바싹 졸아드는 것도 모른 채 다른 일을 하신다든지…… 그런 일을 몇 차례 겪으신 다음부터 어머니의 강박증은 더욱 심해지셨다.

그 정도의 건망증은 사실 누구에게나 있는 일이 아니던가. 그렇지만 유난히 기억력이 좋기로 소문났던 어머니에게는 충격이었던 것 같다. 식구들의 주민번호랑 생년월일시는 기본이고, 조카들 생일에 사돈 댁 제삿날까지 머릿속에 넣고 다니셨고, 정원 씨 친구들 전화번호까지 죄다 외워 꼼짝할 수 없게 만드셨던 어머니였다. 비상한 기억력을 당신 스스로도 자랑스럽게 생각하셨던 어머니는 어쩌다 정원 씨가 뭔가를 깜빡할 때면 여지없이 한마디 편잔을 하시곤 했다.

"너는 젊은 애가 정신을 어디다 놓고 다니는 거니? 나중에 내 나이 때는 어디 집이나 제대로 찾아가겠니?"

그러던 분이니 텔레비전을 보다 옛날 배우 이름이 생각나지 않거나, 며칠 전 갔던 음식점 이름이 생각나지 않는 것에

도 스트레스를 받으셨다.

그 스트레스를 줄이기 위해서 어머니는 나름대로 자구책을 찾으셨다. 머리에만 의존하던 기억들을 종이에 옮기기로 하신 것이다. 그래서 최근에는 메모에도 집착하신다. 수첩 같은 건 쓰지도 않던 분이 각종 기록들이 빼곡히 적힌 수첩을 늘 펼쳐 보신다. 그러다 급기야 주변 사람들에게까지 확인에 확인을 거듭하는 버릇까지 생긴 것이다.

그런 어머니이다 보니 이따금 정원 씨에게도 화가 치미는 일이 생겼다. 반복되는 어머니의 '확인' 작업이 마침내 잔소리로 이어지는 것이 싫었던 것이다. 제발 좀 그만하시라고, 나는 내 수첩 가지고 내가 기억할 테니 엄마 일이나 챙기시라고 왈칵 쏟아 붓고 싶은 순간도 여러 차례 있었다.

그러던 어느 날, 어머니 방 화장대에 가지런히 놓인 신문 기사 스크랩들을 발견하게 되었다. 어머니가 모아놓으신 것이었다.

'치매, 난치병도 불치병도 아니다', '치매 예방 11가지 수칙', '걷기만 해도 치매 예방, 아침식사는 보약', '호두, 우유, 포도주, 치매 예방에 좋은 음식.'

어머니는 단순히 건망증 하나에 조바심을 내셨던 게 아니었다. 당신의 어머니가 오랫동안 앓으셨던 그 병, 가족들까지 피폐하게 만들었던 그 병이 두려우셨던 것이다. 언제나 당당

하고 자존심 강한 어머니는 어느덧 당신 앞으로 다가오는 치매의 그림자에 대한 두려움을 차마 입 밖에 내지 못한 채 혼자 준비하고 계셨던 것이다.

이틀이나 집 밖에서 헤매다 돌아온 외할머니를 붙잡고 차라리 죽어버리지 왜 이렇게 고통을 주느냐고 울부짖던 어머니의 절규를 정원 씨는 똑똑히 기억하고 있었다.

기사 스크랩을 보는 순간, 저 깊은 곳에서부터 정원 씨의 마음이 저려오기 시작했다. 그 나이를 겪어보지 않은 자신이 어머니의 마음을 어떻게 헤아릴 수 있겠나. 다가오는 황혼을 쓸쓸히 맞이하는 어머니에게 당신 혼자가 아님을 알려드리는 것, 이것이야말로 그녀가 할 수 있는 최소한의 일이라는 것을 새삼 깨닫게 되었다.

퇴근 무렵, 어머니의 전화가 또 걸려왔다. 전화기를 만지작거리며 정원 씨가 애써 밝은 목소리로 말했다.

"엄마, 오늘은 엄마가 좋아하는 호두 파이 한 판 사가지고 들어갈게요."

누구에게나 노화는 낯설고 반갑잖은 손님입니다. 어쩔 수 없이 맞이하면서도 선뜻 내키지가 않습니다. 젊었을 때 나는 새치는 염색으로 가리면 그만이지만, 나이 들어 생긴 흰머리는 마음까지 하얗게 덮어버립니다. 건망증이나 치매 같은 경우는 더욱 그렇습니다. 엄청난 두려움과 절망감을 안겨줍니다.

이럴 때는 가까이 있는 사람들의 도움이 필요합니다. 부모님의 절망감과 스트레스를 덜어드리고 자연스럽게 받아들여주는 주위의 반응이 부모님께는 큰 용기가 됩니다.

이를테면, 아버지께서 흰머리가 늘었다고 걱정하시면 "아버지는 흰머리도 참 멋있으시다. 꼭 외국 배우 같아요."라고 말씀드리면 어떨까요. 그런 칭찬과 현명한 애교, 그것이 부모님을 기쁘게 하고, 덜 늙게 하는 진짜 효도입니다.

열셋 • 자랑스러운 발 - 체온으로 다가가기

"기상! 이 녀석아, 니 나이에는 이삼 일 정도 밤을 새워도 끄떡없는 법이야. 게으름 피우지 말고 어서 일어나!"

김 사장의 매운 손이 아들의 등을 내리친다. 머리맡 시계가 가리키는 시각은 새벽 3시. 새벽이라고 하기에도 미안한 너무 이른 시각이다. 고등학생인 아들은 아버지의 성화에 모처럼 단잠을 잘 수 있는 일요일 새벽을 고스란히 빼앗기고 말았다.

김 사장이 마지못해 일어난 아들을 데리고 꼭두새벽의 거리를 달려간 곳은 노량진 수산시장. 시장 주변은 이미 대낮같이 북새통을 이루고 있었다.

"봐라. 니가 잠자는 동안에도 세상은 이렇게 열심히 돌아간다. 이런 세상을 잘 잠 다 자면서 게으름 피우고 살 수 있겠느냐, 엉?"

김 사장이 아들에게 공부하라고 다그친 적은 단 한 번도 없다. 대신 치열한 삶의 현장을 직접 느껴봐야 한다며 종종 이렇게 아들을 데리고 '새벽 현장'을 누볐다.

고등학교만 졸업하고 금융사 CEO에 오르기까지, 김 사장은 자신의 두 발과 맨몸으로 세상과 부딪치며 살아왔다. 그 과정에서 터득한 인생의 성공 비결을 아들에게 실감나게 가르치고 싶었던 것이다.

아들이 대학에 입학하자 김 사장은 강도를 좀더 높였다. 첫 번째 겨울방학을 맞자마자 친구가 경영하던 인쇄 공장으로 끌고가 아르바이트를 시킨 것이다.

"윤 사장, 이 자식 봐주면 안 돼. 막 굴리라고!"

아들은 직원들 숙소에서 먹고 자며 한 달을 일했다. 제법 운동을 좋아했고 체력도 그다지 빠지지 않는 편이었지만, 사흘 만에 코피를 쏟을 만큼 일은 고됐다. 종이의 무게가 엄청나다는 것을 이제야 비로소 알게 되었다. 쉴새없이 찍어대는 인쇄물들을 정신없이 옮겨 나르다보면 온몸이 솜뭉치가 되었다.

육체 노동자들이 왜 막소주를 마시는지도 알 것 같았다. 저녁 늦게서야 잔업을 마치고 숙소로 가는 길에는 그도 동료들과 더불어 맥주잔에 막소주를 가득 따라 한숨에 들이켰다. 그렇게라도 하지 않으면 여기저기 욱신대는 통증 때문에 잠을

이루기 힘들었기 때문이다.

네팔, 인도네시아 등지에서 온 외국인 노동자들도 그곳에서 처음 만나보았다. 선해 보이는 큰 눈으로 한눈 팔지 않고 열심히 일하는 그들을 보면서 느낀 것이 많았다. 그들은 정말 요령 부리지 않고 우직하게 일하면서도 커피 한 잔 값도 아끼며 고향 갈 날을 기다렸다.

짧다면 짧지만 귀한 경험을 했던 한 달이었다. 아들은 그렇게 한 달을 일한 뒤 30만 원을 받아들고 집에 돌아왔다. 김 사장이 거기에 20만 원을 더 얹어주면서 스키장이나 다녀오라고 등을 밀었지만 아들은 그 돈이 아까워서 쓸 수가 없었다.

아들은 곧 군대에 갔다. 김 사장은 아들을 군대에 보낼 때도 특유의 욕심을 부렸다. 병무청에까지 전화를 한 것이다. 다른 부모들은 자기 자식을 편한 곳으로 빼달라고 손을 쓴다는데, 김 사장은 달랐다.

"지금 군대를 가야 하는 아들이 있는데, 최전방에 보내려면 어떻게 해야 됩니까?"

그렇다고 해서 아버지의 희망대로 부대 배치가 되는 것은 물론 아니다. 편한 곳에 보내려고 손을 쓰는 사람들 때문에 장병들의 부대 배치는 컴퓨터로 하고 있다고 했다. 아들이 입대하는 날, 김 사장은 "군대는 인생의 종합 대학이니까 열심히 하고 오라."며 등을 두드렸다.

내가 김 사장을 처음 만난 것은 영업용 택시 안이었다. 나는 손님이었고, 김 사장은 그 택시를 모는 기사였다. 그는 내가 타자마자 "어서 오십시오." 하며 친절히 인사를 하더니 귤까지 건네왔다.

히터 때문에 차 안이 따뜻했는데도 귤이 냉장고에서 막 꺼낸 듯 시원하기에 방금 산 것이냐고 물었더니 아니라고 했다. 전날 사서 트렁크에 넣어두었던 것인데, 미지근해지면 맛이 없으니까 손님들이 타기 전에 몇 개씩만 꺼내놓는 것이라 했다.

자신이 고안한 '귤 마케팅'이라고 했다. 택시 운전을 한 지 얼마 되지 않아 실수도 종종 하기 때문에 미리 손님의 마음을 사는 것이라며 그는 호탕하게 웃었다.

택시를 타고 가면서 나는 그가 금융사 사장직에 있다 택시 기사를 하게 된 사연을 들을 수 있었다. 흔히 짐작하는 대로 실직 때문에 어쩔 수 없이 선택한 일은 아니었다. 정년 이후의 인생에 대해서 오래전부터 고심해왔는데, 그 고심의 결과가 택시 운전을 하게 했다는 것이다.

김 사장은 택시 운전 기사의 장점들을 여러 가지 열거했다. 무엇보다도 정년 퇴임 같은 것 없이 오래도록 할 수 있고, 다양한 사람들을 만나 생생한 삶의 현장을 누빌 수 있어서 좋다고 했다. 때문에 택시 운전이야말로 은퇴 이후 가장 좋은 직업이라고 말했다. 몸을 움직일 수 있는 한 일하기를 원했던 그에게 최고의 선택이기도 했다.

이 같은 김 사장의 사고방식과 인생 역정을 아들도 차츰 이해하게 되었다. 아니 누구보다도 아버지의 뜻을 잘 알고 있었다. 남들은 어디 국회의원이라도 출마하려고 이미지 관리를 하느냐, 몰래 쌓인 빚이라도 있느냐고 묻기도 하지만, 아들의 눈에 비친 아버지는 세상의 이목이나 허영 같은 것은 안중에도 없었다. 어떤 경우에도 중심을 잃지 않는 자기 의지와 삶에 대한 성실함이 가장 중요한 인생의 자세라고 몸으로 가르쳐주던 분이 아니었던가.

그렇다고 해서 제2의 인생을 시작한 김 사장에게 늘 좋은 일만 있는 것은 아니었다. 환갑을 넘긴 나이에 택시를 모는 것이 말처럼 쉽지만은 않았다. 자연히 몸에 무리도 왔다. 기사가 운전하는 고급 승용차의 뒷자리에만 앉아 다니다가, 열두 시간씩 직접 운전을 하다보니 다리 근육이 늘어나 침까지 맞았다.

그는 발을 절뚝거리면서도 결근 한 번 안 하고 억척스럽게 일하고 있다고 했다. 어느덧 사납금에 안절부절못하는 것을 보면 자신도 이제 전문 택시 기사가 다 됐다며 웃어 보였다. 시간 가는지도 모르게 얘기를 나누다 김 사장은 어느 하루의 에피소드를 들려주었다.

오전 근무를 마치고 교대할 시간이 다 되었는데도 그날치 사납금을 마저 채우지 못했던 날이었다고 한다. 아쉬운 마음에 회사 근처를 한 바퀴 돌다 우연하게도 아들을 만났다. 김 사장의 집은 택시 회사에서 10분 거리였는데, 아들이 마침 그 앞 마을버스 정류장에 서 있더라는 것이다. 너무도 반가워 김 사장은 아들에게 소리쳤다.

"너 잘 만났다. 빨리 타거라! 어디 가냐?"

"강남역이오."

아버지를 만나 편하게 가게 돼 잘됐다, 생각하던 아들에게 김 사장이 엉뚱한 질문을 했다.

"너, 돈은 있냐?"

"왜 그러세요?"

"임마, 택시를 탔으면 요금을 내야 될 거 아냐? 기본요금 거리니까 1,600원은 내야 할 텐데, 너 그 돈 있냐?"

"아니, 아버지가 타라 그래서 탔잖아요. 그냥 마을버스 타면 5백 원이면 되는데……. 저 그냥 5백 원만 낼게요."

그 아버지에 그 아들이었다. 부자가 택시 요금을 놓고 옥신각신하는 동안 목적지에 이르렀고, 때마침 한 손님이 차를 세웠다.

"아버지! 저기 손님 있네요. 저 손님 태우세요. 저 가요!"

아버지가 손님 앞에 차를 세우자마자 아들은 냉큼 내려 달

아나버렸다.

"저 녀석이 지금······."

김 사장은 그 손님 덕분에 사납금은 겨우 채웠지만 아들한
테는 끝내 돈을 받지 못했다. 저녁 무렵 아들이 집에 돌아오
자 김 사장은 소리부터 쳤다.

"야, 이놈아. 요금 어떻게 됐어? 택시에 외상이 어딨어!"

"너무하시네요. 좋습니다! 저도 공짜는 싫습니다. 잠깐만
기다리세요."

아들은 당장이라도 택시 요금을 줄 듯 선선히 대답하더니
만 지갑을 꺼내는 것이 아니라 욕실로 들어가는 것이 아닌가.
그러고는 대야에 따끈한 물을 받아 김 사장 곁으로 다가왔다.
어깨에는 수건 하나가 척 걸쳐 있었다.

"손님, 발 이리 주세요!"

"아, 이 녀석이! 돈 달라니까 발은 무슨······."

"이번에는 제가 모십니다. 발을 깨끗이 씻어드리고 마사지
도 시원하게 책임지겠습니다. 특별히 택시 기본요금에 모시
겠습니다."

아들은 당황해하는 아버지의 발을 들어 따뜻한 물에 담갔
다. 그날 김 사장은 난생 처음 아들에게 발을 내밀었고, 아들
은 난생 처음 아버지의 발을 씻겨드렸다.

아들의 손에는 아버지의 굳은살 박인 발바닥이 만져졌을

것이다. 아버지를 절뚝거리게 한, 왼쪽 발목에 아직도 남아 있는 부기도 느낄 수 있었을 것이다. 나무등걸처럼 딱딱하지만 자랑스러운 아버지의 발을 아들은 손이 아니라 마음으로 어루만지는 느낌을 가졌을 것이다.

그 순간 아버지의 입에서 한마디 소리가 새어 나왔다. 아들의 머리를 감싸는 따뜻한 손길과 함께……

"고맙구나. 아들아!"

:

아버지의 손을 잡아본 것이 언제였나요? 어머니를 안아드린

것이 언제였나요?

오래전에 우리가 받았던 것을 돌려드릴 때입니다.

손톱을 깎아드리고, 발을 씻겨드리고, 등을 밀어드리고, 어

깨를 주물러드리세요.

부엌에서 설거지하시는 어머니 등 뒤에서 살짝 안아보세요.

처음은 어색하겠지만, 얼른 용기를 내보세요.

말로 형용할 수 없는 기쁨과 감동이 서로의 가슴에 물결칠

것입니다.

열넷 • 진품 별사탕 – 생신은 꼭 챙겨드리기

누구에게나 자기 생일에 얽힌 이야기가 있다. 특히 남자들에게 있어 군대 시절 생일은 갖가지 사연이 있게 마련이다.

그런 점에서, 어느 날 《오마이뉴스》에 실린 한 기자의 체험담은 나로 하여금 타임머신을 타고 옛 병영 시절로 되돌아가게 했다.

그동안 많은 선물을 받아왔지만 지금까지 기억에 남는 선물은 단 하나입니다. 5월만 되면 그때 생각으로 가끔은 눈시울을 적시곤 합니다. 바로 어머니께 받은 선물입니다.

군대 시절 6주 간의 혹독한 훈련소를 마치고, 2년을 보내야 할 자대 배치를 받은 때였습니다. 자대 배치를 받았던 그때는 햇살이 너무나 따사로웠던 5월이었습니다. 자대 생활에 적응

하지 못해 여기저기서 욕을 먹으면서 하루하루를 힘겹게 보내던 시절이었습니다.

여느 때와 다름없이 선임병들의 눈칫밥을 먹으면서 배고픈 이등병 생활을 하고 있는데, 문득 저의 생일이라는 것을 깨달았습니다. 자대 배치를 받고 열흘 후였습니다. 한참 훈련 기간이라 선임병들도 저의 생일을 미처 챙기지 못했습니다.

군에 들어와 처음 맞은 생일이지만 아무도 알아주지 않는 탓에 서럽게 느껴졌습니다. 화장실에 앉아 소리 없이 많이 울었습니다. 단 한 명도 축하해주지 않는 생일은 일생 동안 한 번도 경험해보지 못한 탓이었겠지요.

그렇게 생일날을 허무하게 보내고 또다시 정신없이 훈련을 받고 있는데 편지가 도착했습니다. 어머니였습니다. 너무나 반가운 마음에 화장실에서 몰래 편지를 읽어보았습니다.

"사랑하는 나의 아들 진한아, 오늘은 너의 생일이다. 미역국은 챙겨 묵었나? 오늘은 밥상에 미역국을 차려놓고 너에게 편지를 쓰고 있다. 밥상 앞에서 고생할 네 생각에 참 많이도 울었다. 중대장님께 전화해서 우리 아들 잘 부탁한다고 몇 번이나 얘기드렸는데, 그냥 웃으시기만 하더라. 아무쪼록 고참들한테 혼나지 말고 밥 잘 챙겨 묵어라. 생일 축하한대이."

난생 처음 어머니께 받아본 편지였습니다. 비뚤비뚤한 글씨에 눈물이 얼룩져 있는 편지를 받고 얼마나 울었는지 모릅니다. 생일날 서럽게 울던 눈물이 아니라 감동의 눈물이었지요.

군대 시절, 그것도 졸병 시절의 생일! 그것 참 정말로 서럽기 일쑤다.

어머니가 차려준 따끈한 미역국은 간데없고, 여느 날과 똑같이 침상 닦고 삽질하고 욕먹으며 생일날을 보내게 마련이다. 그러면서 눈물도 외로움도 서러움도 배워간다. 그러다 보니 어머님이 보내주신 생일 축하 편지 한 장이 그에게는 더없이 절절한 최고의 생일 선물일 수밖에 없었을 것이다.

반대의 경우도 있다. 영순 씨는 얼마 전에 아들을 군대에 보냈다. 하루는 영순 씨가 나를 보자마자 싱글벙글하기에 뭐 좋은 일이 있느냐 물었더니 주머니에서 뭔가를 꺼내 보여주었다.

"이거 별사탕 아니에요?"

"맞아요. 그런데 그냥 별사탕이 아니에요. 군대에서 나온 진품이거든요. 오늘이 제 생일인데 군대 간 아들 녀석이 선물이라고 이걸 보내왔더라구요. 건빵에 들어 있는 걸 아껴뒀다 보냈대요. 군대에서는 단것이 그렇게 먹고 싶다는데, 얼마나 먹고 싶었을까요……."

그러면서 나에게 별사탕 몇 개를 건네주는 것이 아닌가. 그러나 나는 그 별사탕을 선뜻 받아들 수 없었다. 그것은 아들과 어머니, 두 사람 사이를 뜨겁게 연결해주는 사랑의 증표와도 같았기 때문이다.

생일날은 기쁨도 두 배, 서러움도 두 배가 될 수 있는 날입니다. 젊은 사람도 자기 생일을 아무도 챙겨주지 않으면 무척 섭섭합니다. 하물며 부모님의 경우는 말할 것도 없습니다. 무슨 일이 있어도 부모님 생신만은 반드시 챙겨드려야 합니다. 멀리 떨어져 있어서 함께할 수 없다면 전화라도 꼭 드리는 것이 좋습니다.

부모님과 함께 살고 있다면 생신날 아침 미역국 정도는 꼭 끓여드리는 센스! 또한 생신에 맞춰 용돈을 드리거나 마음이 담긴 선물을 드리는 것도 특별한 기쁨이 될 것입니다.

좋은 선물의 가치는 값에 있지 않습니다. 마음에 있습니다. 사랑하는 마음, 고마운 마음에 있습니다. 마음이 담긴 작은 선물 하나가 부모님의 가슴을 뜨겁게 데워줍니다.

열다섯 ● 어머니 ― '나중에'가 아니라 '지금' 하기

어머니의 겨울 코트가 너무 낡고
초라해 보여서 어머니를 시내로
모시고 가서 새 코트를 사 드려야
겠다고 생각 했었다.

그러나 시간이 없어
결국 코트를 사 드리지
못했다.

그때 나는 너무
바빴었다.

어머니의 생신
때 여행을
보내 드려야
겠다고 마음
먹었다.

그러나 결국 비행기표
를 사드리지 못하고
말았다.

만약 시간을 거꾸로
돌려서 어머니께
그 코트를 사드리고

해마다 생신날이면
어머니가 원하시는 곳 어디
든지 모시고 갈 수만 있게
된다면 얼마나 좋을까.
그러나 이제는 너무 늦었다.

카툰 ● 정영기

내 어머니는 칠순의 나이로 갑자기 세상을 떠나셨다. 고혈
압이나 신경통 같은 것 때문에 늘 고생하시긴 했지만, 그래도
비교적 건강하신 편이었기에 어머니의 갑작스러운 죽음은 내
게 큰 충격이었다.

아내의 말에 따르면 그날도 어머니는 점심을 맛있게, 많이
드셨다고 한다. 그리고 슈퍼마켓에 가시다가 쓰러져 어느 중
년 남자에게 업혀 오셨는데, 영영 운명을 달리하시고 말았다.

남들은 "자식들 고생시키지 않고 깨끗하게 돌아가신 것도
큰 복이다."며 위로해주었지만 나는 아직도 서럽다.

한마디 유언도 남기지 않은 채로 가셨기 때문만이 아니다.
그처럼 갑작스레 돌아가셔서, 불효막심한 이 아들에게 마지
막 효도로 만회할 수 있는 시간조차 허락되지 않은 안타까움
때문만도 아니다.

어머니는 돌아가시기 전에 이따금 "나는 점심을 잘 먹고 갈
란다."는 말씀을 하시곤 했다. 어머니의 교회 친구분들은 그
것이 어머니의 기도 제목이기도 했다고 말씀해주셨다.

그 배경이랄까, 그 이유를 나는 잘 알고 있다. 아버지가 그
로부터 네 해 전, 풍을 맞고 일 년 넘게 자리에 누워 계시다 세
상을 뜨셨던 것이다. 손발을 제대로 쓰지 못하는 불편한 상황
에서 당신도 고생하고 온 식구들도 고생시키는 것을 내내 지
켜보시면서, 어머니 마음에 다져진 결심이었음에 틀림없다.

어머니의 간절함으로 그 마지막 소원, 그 기도가 이루어졌다는 사실 때문에도 놀라웠지만, 당신의 죽음조차 자식들의 고생을 덜어주는 '자식 사랑'의 연장선에 두고 사셨던 그 극진한 사랑에 나는 진실로 몸 둘 곳이 없었다.

이제 돌이켜보면 두 분의 돌아가시는 방법 가운데서 아버지의 것이 낫다는 생각을 갖게 된다. 두루 고생이 됐던 것은 사실이고 경제적으로도 적지 않은 부담으로 남게 됐을 망정, 오히려 그랬기 때문에 자식에겐 불효를 벌충할 수 있는 기회가 제공됐다고 믿기 때문이다.

어머니는 우리를 고생시키지 않고 편히 가셨다 할지 모른다. 그러나 불효 아들의 처지에선 벌충의 틈도 주지 않고 가신 데에서 온 충격과 한이 두고두고 남는다. 바쁘다는 핑계로 시간을 함께하지 못했고 먹을 것, 입을 것을 나누는 작은 기쁨조차도 제대로 안겨드리지 못한 죄와 한. 이제 와 한탄하니 회한만 더 깊어진다.

：

樹欲靜而風不止 (수욕정이풍부지)
子欲養而親不待 (자욕양이친부대)

나무는 가만히 있고자 하나 바람이 그치지 않고,
자식은 효를 다하고자 하나 부모는 기다려주지 않네.

《한씨외전韓氏外傳》에 나오는 구절입니다.
돈을 벌면 잘 해드려야지, 성공해서 잘 해드려야지, 하면 늦습니다. 부모님은 돈을 많이 번 아들, 크게 성공한 딸을 기다리지 않습니다. 고생하며 노력하는 모습 그대로의 자식을 기다리며 행복해하십니다.
저도 이따금 '아버님이 조금만 더 사셨더라면…… 이 순간을 어머님이 곁에서 지켜보셨더라면……' 하는 순간이 있습니다.
그때마다 너무나 아쉽습니다. 언제나 믿음을 보내주셨던 부모님께 당신들의 믿음이 틀리지 않았다는 것을 보여드리고 싶은데, 부모님은 이미 이 세상에 계시지 않습니다. 오늘까지 오래 기다려주실 수가 없었던 것입니다.

열여섯 • 가마솥 누룽지
– 맛있게 먹고 "더 주세요!" 말하기

준석이는 올해 대학에 입학한 신입생이다. 지방에서 올라와 자취를 시작하고 한 달이 조금 넘었을 때, 어머니가 처음으로 그의 자취방을 찾아오셨다.

그런데 하필 이날은 준석의 중간고사 기간이었다. 고등학교 때도 학업 성적이 좋았던 준석이는 대학 입학 후 첫 시험에서도 좋은 성적을 내고 싶은 마음에 어머니가 벌써 오셨다는 연락을 받고도 당장 집에 갈 수가 없었다. 더구나 다음날 시험에 필요한 자료를 받기 위해 도서관에서 친구를 기다리는 중이었다. 어머니는 "시험이 더 중요하지……."하며 공부를 다 하고 천천히 오라 했고, 준석이는 몇 시간이 지난 뒤에야 자취방에 도착했다.

그런데, 아뿔사! 그 시간까지도 어머니는 자취방의 문밖에서 보따리를 가지고 서 계시는 것이 아닌가. 원룸의 열쇠가 잠겨 있었던 것이다.

오랜만에 어머니를 대하니 가슴이 찡하도록 반가웠지만 반가움의 표시는커녕 죄송한 마음에 눈도 제대로 못 맞추는 준석. 어머니가 양손에 들고 계신 보따리만 받아 들고 서둘러 올라가면서 "엄마 시장하시죠?" 하고 묻는다. 그러자 어머니는 "배도 고프고 시간도 때울 겸 해서 집 앞 가게에서 빵이랑 우유를 사먹었다."고 대답하신다.

준석이는 다시 가슴이 찡해온다. 가겟집 쪽의자에 앉아 빵을 드시고 계셨을 어머니 모습을 떠올리니 눈물이 날 것 같았다.

어머니를 모시고 방안에 들어서니 난리도 아니다. 사내 녀석 혼자 사는 방이 단정할 리가 있나. 방에 들어서자마자 어머니는 구석에 아무렇게나 놓인 옷가지부터 주섬주섬 챙기신다. 그러고는 부엌에 가서 싱크대를 열고 냉장고를 열며 혀를 차신다. 수북이 쌓인 라면 봉지, 냉장고 속에 먹다 남은 양념 치킨…….

"라면만 먹으면 어떡해. 밥을 먹어야지. 쯧쯧……."

어머니는 얼른 밥부터 안치시더니 가지고온 보따리를 하나씩 풀기 시작한다. 배추김치, 총각김치, 파김치, 깻잎, 콩자반, 장조림, 고추조림, 북어조림, 콩나물, 도라지나물, 시금치

나물, 육개장까지. 어떻게 그 많은 것들을 들고 오셨는지 놀라울 뿐이다.

어느새 익어가는 구수한 밥 냄새가 방안 가득 퍼진다. 반찬이 가득한 밥상이 차려지고 갓 지은 쌀밥이 준석의 밥그릇에 수북하게 담긴다. 고향집 밥상이 방안에 그대로 펼쳐진 것만 같다. 어머니는 정신없이 밥을 먹는 준석의 수저에 반찬을 하나씩 얹어주시느라 식사도 제대로 못하신다.

"이게 진짜 밥맛이지. 아, 여기에 엄마 특제 누룽지까지 있으면 최고일 텐데……."

"우리 아들 맞네. 그래서 냄비에 밥 했지. 누룽지 만들려고."

수북한 밥 한 그릇 뚝딱 다 먹고 누룽지 한 그릇까지 덤으로 비워내던 아들의 식성을 어머니가 잊으셨을 리가 있을까.

"아, 엄마가 여기 사셨으면 좋겠다. 맨날 맛있는 밥에 누룽지 얻어먹게."

어머니는 맛있게 밥을 먹는 아들의 모습이 대견하기도 하고 안쓰럽기도 하다. 하숙은 비싸다며 굳이 자취를 택한 아들. 어려서부터 의젓하게 자기 일을 챙기던 녀석이라 믿고 보내기는 했지만, 엄마 밥 먹으면서 다니는 것만 할까.

"우리 아들 따뜻한 밥 먹이려면 빨리 장가를 보내야겠네. 우선은 누룽지로 대신해라. 마른 누룽지 많이 가져왔으니까

물 붓고 끓여 먹고."

조금 전까지도 푸석푸석하던 아들 얼굴이 밥 한 끼에 발그레하게 살아난 것 같아 어머니 마음은 행복하고 흡족하다.

아들도 행복해하는 어머니를 바라보며 기분 좋게 한마디를 던진다.

"엄마, 엄마 밥맛이 최고야! 다음에는 엄마 힘들지 않게 내가 내려가야지. 엄마의 가마솥 진짜 누룽지도 실컷 맛보게. 아, 좋다!"

집을 떠나 생활하는 사람이 몸이 아프거나 마음이 아플 때, 가장 생각나는 것이 어머니의 밥상입니다. 어머니가 차려주신 따끈한 밥과 국 하나만으로도 시름이 모두 벗겨질 것 같은 때가 있습니다.

불쑥 어머니를 찾아가서 밥 해달라고 말하고, 어머니의 별미 요리를 먹고 싶다고 졸라보세요. 그리고 어머니 음식이 최고라고 칭찬해드리세요. 아들의 그 칭찬 한마디가 어머니를 행복하게 해드릴 것입니다.

열일곱 ● ● 아빠와 춤을 - 부모님과 블루스 추기

경숙은 지금 아버지의 어깨 위에 팔을 얹고 블루스를 추고 있다. 아버지와 난생 처음 추는 춤이다. 내일은 경숙의 결혼식날, 오늘이 집에서 보내는 마지막 밤이다.

지금 그녀의 귓가에는 달콤한 음악 소리도, 거실 저편에서 지켜보는 가족들의 왁자한 웃음과 박수 소리도 들리지 않는다. 사랑에 들뜬 애인의 목소리까지도 점점 멀어져간다.

그리고 그 조용한 자리에 오래전부터 익숙한, 그러나 언젠가부터 조금씩 낯설어졌던 아버지의 숨결과 체온이 따뜻하게 전해져온다.

작은 두 발을 아버지의 두툼한 발등에 얹고 돌다가 까르르 웃음보를 터뜨리는 경숙. 당신이 한평생 다듬고 키워주었던 딸이 어느새 당신의 어깨만큼 자라서 당신의 품에 안겨 춤을

추고 있다는 사실이 우습기도 하고 겸연쩍기도 하다.

그러나 어느 순간 웃음이 걷히고 경숙의 가슴을 스쳐 지나가는 쓸쓸한 바람 소리가 들리는 듯하다.

온갖 추억과 기억들이 번쩍번쩍 머릿속을 스쳐간다. 아주 오래전, "우리 공주님!" 하며 곤히 잠자던 어린 경숙을 깨워 안으며 까칠한 턱수염을 부빌 때 풍겨오던 싸한 스킨 냄새. 기어이 울음을 터뜨린 경숙 앞에 내밀던 작은 곰인형, 머리핀 몇 개, 색색의 색연필들…….

뭉게뭉게 피어나는 기억들과 함께 경숙은 마음속으로 혼자서 독백한다.

따뜻한 봄날 공원에 나가 자전거 타는 법을 가르쳐주고, 추운 겨울날 뒤뚱거리는 딸의 손을 잡고 스케이트 타는 법을 가르쳐주던 당신. 당신이 만들어준 그날의 풍경들은 맑은 추억의 물방울이 되어 지금 이 순간에도 내 눈가를 적시고 있습니다.

남한테 지는 것을 못 견디는 나의 고약한 성질 때문에 옆집 아이 것보다 잘 날지 못한다며 당신이 애써 만들어준 방패연을 내동댕이쳐버렸을 때도 "그래, 그런 근성은 있어야지." 하며 토닥거려주시고 밤새 다시 연을 만들어주었던 당신. 덕분에 욕심 많은 딸은 1등도 하고 장학금도 받았지만 단 한 번도 그 공을 당신에게 돌린 적은 없었습니다. 어리석게도.

엄마가 안 계신 날, "딸은 공주처럼 자라야 시집 가서도 대접받는 법이야." 하며 손수 밥상을 차려주시던 당신. 그 천금같은 딸내미가 남자친구 도시락을 싼다며 부엌에서 달그락거릴 때 당신 입가를 스쳤을 씁쓸한 미소가 왜 이제야 헤아려지는 걸까요.

안방에는 오래된 텔레비전이 자리를 차지하고 있고, 당신은 낡은 와이셔츠를 마다하지 않으면서도 철딱서니 없는 딸이 원하는 것이라면 선뜻 주머니를 털어주셨던 당신.

당신의 품에 안긴 이 순간이 영원 같습니다. 패티 페이지의 〈체인징 파트너〉에 맞춰 당신 손을 잡고 빙글빙글 마루 위를 돌던 어린 날에는 산처럼 높아 보이기만 했던 당신의 어깨가, 이제 세월의 무게만큼 지쳐 보입니다.

가정을 지키기 위해 비바람을 막아오며 깨지고 닳았을 당신의 넓은 등. 그 외로운 상처가 지금 당신을 안고 있는 내 손에 아프게 전해집니다.

내일이면 당신 품을 떠나 한 남자의 아내가 되는 내게 "절대 기죽지 마라. 너한테는 언제라도 돌아올 곳이 있으니까." 라며 미래의 사위에게 단단한 경고성 메시지까지 전하던 당신.

당신은 영원한 내 안식처입니다. 언제까지나 허물어지지

않고 나를 지켜주는 내 마음의 안식처.

언제까지나 내 작은 마음이 머물고 있을 영원의 안식처.

아, 음악이 멈추지 말았으면 좋겠네요.

그렇죠, 아빠?

:

캐나다에서는 결혼 피로연 중간에 아버지와 딸이 플로어에 나와 춤을 추는 시간이 있습니다. 그 순간 대부분의 아버지들이 참았던 눈물을 쏟아낸다고 하지요.

아, 저는 그날을 미리 생각하는 것만으로도 눈물샘이 터질 것 같습니다. 집에 들어서면 저 끝에서부터 달려와 안기며 볼을 부비던 그 어린 딸아이가 어느덧 자라서 품을 떠난다……. 생각만 해도 눈물이 솟구칩니다. 아마도 그것이 딸을 가진 모든 아버지의 마음일 것입니다.

결혼을 앞둔 사람이 아니더라도 딸은 아버지와, 아들은 어머니와 블루스를 춰보세요. 생신날처럼 특별한 날이라면 더욱 의미 있겠지요.

심장 고동소리까지 가까이 느껴질 즈음, 부모와 자식이라는 인연의 특별한 감상들이 물결처럼 밀려들 것입니다. 말로는 표현할 수 없는 뜨거움이 당신 가슴에 가득 차오를 것입니다.

맛이나 냄새, 촉감, 소리 같은 감각을 통해 되살아나는 기억들이 있다. 코끝을 스치는 아카시아 향기에서 어린 시절 뒷산에서 전쟁 놀이 하던 기억이 갑자기 튀어나오기도 하고, 어느 한식집에서 반찬으로 나온 묵은 김치를 한입 베어 물다 돌아가신 어머니의 기억이 떠오르기도 한다.

정선 씨의 경우는 특히 그러했다. 그녀가 어린 시절의 집안 풍경을 떠올릴 때는 어김없이 맨 먼저 소리부터 귓가에 들려온다. 타다다다 하는 재봉틀 소리다.

그리고 그 소리와 함께 마루 한켠에 놓인 재봉틀 앞에 앉아 계신 어머니의 모습이 떠오른다. 어머니는 연신 발을 구르고 손을 놀리며 무엇인가를 만들고 있다. 언제든 아주 선명하게 남아 있는 그녀의 어릴 적 추억의 풍경이다.

정선 씨가 지금도 들고 다니는 '천으로 만든 손가방'은 바로 이 추억 속의 어머니 손길과 이어져 있다. 정선 씨가 귀퉁이가 다 닳은 그 손가방을 아직도 들고 다니는 것은 어머니에 대한 그리움이랄까, 추억 때문인지도 모른다.

정선 씨의 어머니는 손재주가 아주 뛰어나셨다고 한다. 집 안의 커튼이나 식탁보, 소파 커버 같은 것은 당연히 어머니가 재봉틀을 돌려 만들어낸 작품들이다.

정선 씨네 3남매는 백화점이나 시장에서 산 옷을 입은 기억이 별로 없다. 항상 어머니가 만들어주셨기 때문이다. 어머니는 똑같은 천으로 아이들과 옷을 해 입고 외출하기를 좋아하셨다. 영화 〈사운드 오브 뮤직〉에서 커튼을 뜯어 7남매와 마리아가 옷을 해 입던 장면을 떠올리면 쉽게 그림이 그려질 것이다. 똑같은 천을 끊어 어머니 스커트, 오빠들 반바지, 그녀의 작은 원피스를 만들어서 세트로 입고 나가면 인사깨나 받았다.

"가족이 세트로 입으셨네! 직접 만드셨어요? 어쩜 솜씨도 좋으시지."

칭찬인지 농인지 모를 소리를 수없이 들었지만 항상 좋은 기억만 있는 건 아니다. 정선 씨가 초등학교에 다닐 때였다. 실내화 주머니, 도시락 주머니까지 만들어주시던 어머니는 체육복에도 도전하셨다. 학교 앞 문방구에서 파는 체육복을 몇 번 뒤적거리시더니 바느질도 엉망이고 옷감도 안 좋다며 혀를 차셨다. 그러고는 바로 재봉틀 앞에 앉으셨다.

어머니가 하룻밤 사이에 뚝딱 만들어준 체육복을 입고 운동장에 나섰을 때, 정선 씨는 웃음거리가 되고 말았다. 한마디로 그녀의 체육복은 너무나 '튀었다'. 체육복 반바지의 다리 아래에는 고무줄이 들어가 조글조글 주름이 잡혀 있었고, 셔츠 가슴에는 그녀 이름이 수놓아졌는데, 그 옆에는 그녀가 좋아하는 만화 주인공 그림까지 수놓아져 있었던 것이다.

그날 정선 씨는 집에 돌아오자마자 체육복을 내던져놓고 얼마나 울었는지 모른다. 어머니의 재봉틀 솜씨가 원망스러웠던 것은 그때가 처음이었다. 어머니는 다른 아이들이 부러워서 놀린 거라며 그녀를 달랬다. 그리고 다음날 아침, 그녀 책상 위에는 고무줄 주름과 만화 그림이 빠진 새 체육복 하나가 다시 만들어져 올려져 있었다.

이제 정선 씨도 두 아이의 엄마가 되었다. 요즘에는 어머니의 재봉틀 솜씨가 마냥 부럽기만 하다. 그 솜씨는 왜 닮지 않았는지……. 그녀는 손재주가 없어서 두 아이의 미술 숙제를 해주는 것마저도 벅차다. 하루가 다르게 쑥쑥 자라나는 아이들의 옷값 대기가 부담스러울 때면 어머니 솜씨가 더욱 그리워진다. 아이들 옷을 살 때마다 그녀는 하늘을 올려다본다.

'엄마, 재주를 넘겨주지 않을 거면 오래 사시기라도 하지.

그러면 지금이라도 옆에서 묻고 또 물어가며 어머니 재봉틀 기술을 배울 수 있었을 텐데.'

그러면 어머니는 저 하늘 위에서 이렇게 말씀하시는 듯하다.

"그러길래, 내 뭐랬니. 내가 살아 있을 때 진즉 배우랬지? 뭐? 바지 하나에 5만 원? 그까짓 것, 내가 뚝딱 만들어주면 좋을 텐데."

：

부모님에게서 배울 수 있는 것은 참으로 많습니다. 재봉틀 솜씨는 이제 지난 시절의 '유물'이 되고 말았지만, 하다 못해 김치 담고, 된장국 끓이는 방법도 어머님이 살아 계실 때 제대로 배워두지 않으면 두고두고 아쉽고 후회하게 됩니다.

부모님이 살아 계실 때, 부지런히 여쭤보세요.

부모님의 경험 보따리, 지혜 보따리에는 우리가 헤아릴 수 없을 만큼의 재산이 들어 있습니다.

뭐든지 여쭤보면 부모님은 대부분 해답을 갖고 계십니다.

당신이 모르는 것은 백방으로 물어서라도 알려주십니다.

가끔은 아는 것도 모르는 척 여쭤보세요.

"김치 담글 때 뭐가 들어가죠? 엄마가 잘하시잖아."

그러면, 아마도 어머니께서 금세 신바람이 나실걸요?

열아홉 • 구두쇠 아들
– 열심히 모아서 감동 드리기

초등학교 5학년인 민형이는 동네에서도 모르는 사람이 없
는 유명 인사다. 인사도 넙죽넙죽 잘하고 항상 싱글벙글 웃는
인상 때문이기도 하지만, 민형이를 유명하게 만든 것은 그의
남다른 성향 때문이다. 어느 때부터인지 이루 말할 수 없는
엄청난 구두쇠 성향을 나타낸 것이다. 민형이네 부모도 아들
을 볼 때마다 혀를 찬다.

"도대체 저 녀석은 누구를 닮았는지 모르겠어요. 그렇게 가
르친 것도 아닌데."

민형이는 부모에게서 용돈을 받아도 그 돈을 쓰는 일이 거
의 없다. 오히려 집 근처 슈퍼마켓의 사은품이나 기념품 같은
것은 아주머니들 틈에 끼어서라도 기필코 받아오고, 식당에
서 나올 때도 서비스로 주는 사탕을 두세 개씩 입에 넣고 나

오는 녀석이기도 하다. 아무튼 공짜로 준다는 것은 마다하는 법이 없고, 심부름값 준다는 일이면 웬만큼 힘든 일에도 팔 걷어붙이며 나선다.

한번은 이런 일도 있었다. 민형이 부자가 모처럼 둘이서 탁구를 치고 오는 길에 동네 분식점에 들어갔다. 민형이가 라면이 먹고 싶다고 해서 들어갔는데, 메뉴판에 적힌 음식값을 보더니 민형이는 안 먹겠다며 물만 들이켜는 것이었다.

"5백 원이면 될 라면을 어떻게 한 그릇에 2천 원씩 주고 먹어요?"

민형이의 고집에 결국 아버지도 손을 들고 말았다. 민형이는 분식점을 나와 슈퍼마켓에서 라면 한 봉지를 사들고 집으로 돌아왔다.

민형이 아버지는 자기 아들이지만 민형이가 정말 별종이라고 생각할 때가 많다. 사업이나 장사를 하는 집도 아니니 집에서 돈 얘기를 많이 한 것도 아니고, 자기 자신이나 민형이 엄마도 평소에 '돈, 돈' 하며 살아가는 타입이 아니었다. 그런데도 아들은 유별난 것이다.

하루는 민형이가 《삼국지》를 읽었다고 해서 느낀 점을 말해보라니까 "인생에서 중요한 것은 역시 돈"이라는 엉뚱한 대답을 해 놀라게 하기도 했다.

그러던 민형이가 직장을 잃고 상심해 있는 아버지 앞에 신

주단지처럼 모시던 자기 통장을 내밀었다. 언제 그렇게 모았던지 벌써 30만 원이 넘게 입금돼 있었다. 그 아까운 통장을 통째로 건네주면서 "저는 또 모으면 돼요."라며 씨익 웃어 보였다.

얼마 후 여름방학을 맞아 시골 할아버지 댁에 간 아이에게 전화를 걸었던 아버지는 또 한번 껄껄 웃고 말았다.

"뭐 하느라 전화를 늦게 받아?"

"돼지우리 치웠어요."

"돼지우리를 네가 치웠어? 힘들지 않아?"

"힘들어 죽겠어요. 그래도 이거 다 치우면 5천 원 벌어요. 그러니까 재밌어요."

:

사랑에 눈 먼 한 젊은이가 있었습니다.

그는 연인에게 변하지 않을 사랑을 고백했고, 연인은 자신을 진정으로 사랑한다면 그의 어머니 심장을 가져오라고 했습니다. 당장 집으로 달려간 그는 어머니의 심장을 빼앗아 연인이 있는 곳으로 향했는데, 너무 서두른 탓에 그만 돌부리에 걸려 넘어지면서 어머니의 심장도 길가에 내동댕이치고 말았습니다. 그러자 어머니의 붉은 심장이 말했습니다.

"얘야! 어디 다친 데는 없니?"

자식을 위해 심장까지 떼어주고자 하는 부모님. 그 이름 앞에 당신은 무엇을 드렸는지요.

부모님께 기쁨을 드린 적이 있는지요.

부모님을 기쁘게 하는 사람이 더 많은 사람을 기쁘게 할 수 있습니다.

스물 • "브릿지도 해주세요!"
— 미장원에 함께 가기

방송국에서 아르바이트를 하는 은주는 멀리에서도 금방 알아볼 수 있는 사람이다. 까만 머리들 틈에 노란 머리가 삐죽이 솟아 있으면 그가 은주다. 머리 염색에 흥미를 느낀 은주는 나이가 많든 적든 만나는 사람마다 염색을 권하곤 한다.

"음…… 선생님은 리처드 기어 같은 은발이 어울릴 것 같은데요. 리처드 기어, 얼마나 멋있어요!"

그러면서 당장이라도 미장원에 끌고 갈 듯한 태도에 사람들은 화들짝 놀라곤 한다. 하지만 때때로 그녀의 파격적인 권유를 피해가지 못한 사람도 있긴 하다. 그렇게 되면 은주는 자연스럽게 자신의 무용담(!) 하나가 더 생기게 된다.

하루는 은주가 엄마의 머리에 난 새치를 뽑아주게 되었다. 마흔 중반을 넘기면서부터 흰머리가 부쩍 많이 생긴 터였다.

'새치도 유전이라고 하던가? 외할머니도 마흔 살부터 염색을 하고 다니셨다던데……'

은주는 속으로 은근히 걱정스러웠다. 새치도 유전되어 대물림이 되는 것이라면 엄마 머리에 난 이른 흰머리가 언젠가는 은주의 머리에도 그대로 나타날 가능성이 크기 때문이다. 엄마의 뒷머리를 헤집고 흰머리를 뽑던 은주는 그만 머리칼을 풀썩 내려놓으며 볼멘소리를 던졌다.

"엄마, 외할머니도 흰머리가 일찍 나셨다 그랬지? 엄마도 그렇고. 그럼 나도 닮는 거 아니야?"

"무슨 걱정이야? 그때도 이렇게 빨갛게 노랗게 물들이고 다니지 왜. 그런데 흰머리는 다 뽑은 거야?"

"다 뽑긴…… 아직도 멀었어, 엄마!"

정말이었다. 곁에서 얼핏 보기에는 몇 개밖에 없는 것 같아 뽑아드리겠다고 시작했는데, 막상 머리 속을 뒤져보니 흰머리가 가득했다. 요즘 장사가 안 된다 안 된다 하시더니, 걱정이 많으셨던가 보다. 그러고 보니 파마도 다 풀려 있다. 미장원 가신 지도 한참 된 모양이다.

은주는 갑자기 어제 산 새 부츠가 마음에 걸렸다. 아르바이트해서 번 돈으로 자기 몸치장할 생각만 했지, 엄마는 미처 생각도 못했던 것이다. 유행 지났다고 안 입는 은주 옛날 겨울 점퍼에, 낡아서 안 신는 은주 운동화, 화장품 코너에서 덤

으로 준 가방. 요즘 엄마의 패션이다. 화장대에도 공짜로 얻은 샘플들만 가득하고. 도저히 참을 수가 없다.

"엄마, 우리 미장원 가자! 내가 쏠게."

압구정동에도 단돈 2만 원이면 파마를 하고 3만 원에 염색까지 할 수 있는 미장원이 있다. 그쯤이면 남은 아르바이트 비용으로 감당할 수 있는 수준이다. 마다하시던 엄마도 가격 얘기에 귀가 솔깃해 따라나섰다.

미장원 거울 앞에 나란히 앉은 모녀. 얼마 만인가. 파마하는 엄마를 따라 미장원에 가서 머리를 자르던 초등학생 시절 이후 처음인 것 같다.

그래도 그때는 엄마도 미장원에 부지런히 다니셨다. 철따라 화장품도 제법 사셨고……. 그땐 꽤 빛나던 청춘이었는데, 어느새 엄마도 중년의 고개를 넘어서고 있다. 하긴 초등학생이던 그 꼬맹이가 대학생이 됐는데.

"어떻게 해드릴까요?"

미용사의 물음에 엄마가 먼저 대답하신다.

"파마 좀 해야겠는데…… 정말 2만 원 맞아요?"

"맞다니까, 엄마! 저기요, 우리 엄마 파마 좀 자연스럽게 해주시구요. 염색도 해주세요. 아! 화사하게 브릿지도 넣어주세요."

긴가민가하시던 엄마도 못 이기는 척 은주의 주문에 머리를 말겼다. 같이 머리를 말고 잡지를 보며 연예인 사진도 들여다보고 말도 많아진 엄마 모습이 영락없는 소녀 같다. 왜 진작 이 시간을 즐기지 못했을까. 엄마도 여자인데.

몇 시간이 지난 후 거울 속의 엄마는 부스스한 머리의 아줌마에서 세련된 커리어 우먼으로 변신해 있었다. 드문드문 새치가 삐져 나왔던 새까만 머리칼은 갈색에 환한 브릿지가 살짝살짝 들어간 머리칼로 바뀌었다. 엄마는 어색해하면서도 한껏 흡족한 표정이다. 그런데 좀 걸리긴 걸리시나 보다.

"얘, 니 아빠가 뭐라 그럴까? 나 쫓겨나는 거 아니니?"

"어때? 이 정도 스타일이면 인기 짱일 텐데."

"그래. 까짓것! 이쁜 여자 내쫓으면 자기만 손해지. 그렇지?"

:

언제부터인가 미장원에 가는 어머니의 발걸음이 점차 끊기기 시작하는 때가 있습니다. 미장원 앞에까지 가셨다가도 이런저런 살림 걱정에 발길을 되돌리기가 일쑤입니다. 그러다보면 어머니의 머리는 거칠어지고 전형적인 '동네 아줌마'의 머리가 되고 맙니다. 이때는 자녀들이 얼른, 특히 딸들이 살펴봐드려야 합니다. 어머님 손을 이끌고 미장원에 가서 커트도 해드리고, 파마도 해드리고, 브릿지도 넣어드리세요.

모시고 갈 때에는 이렇게 말씀드리세요.

"값이 무지하게 싸. 몽땅 5만 원이면 돼, 엄마!"

스물하나 • 세탁기와 바꾼 반지
– 무조건 '잘 된다'고 말씀드리기

생활고 때문에 목숨을 끊고, 돈 때문에 인륜마저 저버리는 흉흉한 소식이 요즘도 종종 들려온다. 그런 소식을 접할 때마다 각박한 현실의 무게 앞에 가족의 의미마저 퇴색되어가고 있는 건 아닌지 안타깝고 무거운 마음이 들곤 한다. 그런 현실에도 불구하고 우리의 가슴을 훈훈하고 따뜻하게 해주는 이야기도 많다.

다음에 소개하는 글은 어느 며느리와 시어머니의 마음이 담긴 사연이다.

먼저 며느리인 윤영옥 씨의 글부터 보자.

시어머님 회갑이 다가오고 있는데 그만 일이 터졌다. 큰형님이 하시는 사업이 부도가 나고 말았다. 걱정하실까봐 쉬쉬

했지만 어머님께서도 눈치를 채셨는지 회갑상은 행여라도 차리지 말라고 당부하신다. 점쟁이가 회갑날 아침에 굴뚝에서 연기만 나도 신상에 안 좋다고 했다며 이유를 대셨지만, 어쩐지 곧이곧대로 믿어지지는 않았다.

나는 직장에 다니는 덕에 월급을 탈 때마다 어머님 회갑을 위해 약간씩 모아놓은 돈이 있었다. 잔치는 못하더라도 친지분들 모시고 아침이라도 먹자는 뜻과 함께 형님께 그 돈을 조심스레 전했다.

그렇잖아도 맏며느리라는 위치 때문에 속앓이만 하고 있던 형님은 반가워하셨다. 마침 이 달에는 보너스까지 나와서 어머님께 드릴 석 돈짜리 금반지를 하나 맞추었다. 회갑날 아침에 친지들과 아침을 드시던 어머님께서는 "나는 오래 살고 싶어서 생일날 아침에 불기운도 내지 말라고 했는데 며느리들이 말을 안 듣네." 하시면서도 기쁘기도 하고 착잡하기도 한 알 듯 말 듯한 표정으로 우리를 지켜보셨다.

손님들이 돌아가시고 난 다음에 어머님께서는 형님께 말씀이라도 들으셨는지 "애썼다."며 내 손을 꼭 잡아주셨다.

일주일 후 어머님이 내 퇴근 시간에 맞춰 집에 오시더니 다짜고짜 내 손을 잡고 전자제품 대리점으로 가셨다. 그러고는 그곳에서 커다란 세탁기 하나를 사서 돈을 치르셨다. 세탁기 없어도 괜찮다며 사양했지만 어머님은 역시 따뜻한 손으로 내 손을 꼭 잡으시며 "고맙다."는 말씀만 하셨다. 그 손을 마주 잡은 채 나는 더 이상 아무 말도 할 수가 없었다. 어머님 손에는 반지가 보이지 않았던 것이다.

다음은 윤영옥 씨 시어머니의 글이다.

큰아이 사업에 아무래도 안 좋은 일이 있는 모양이다. 전화기를 타고 들리는 목소리가 심상치 않다. 역시 아무 일도 없다고 대답은 하지만, 작은아이들 목소리도 편치 않다. 아이들은 회갑 얘기를 꺼내지만 자식들 눈물을 팔아 어떻게 잔칫상을 받을 수 있겠나. 점쟁이 핑계를 대며 다 그만두라고 말했다. 그래도 저 착한 아이들이 아침상이라도 차린다고 하니 그것마저 마다할 수도 없고 착잡하기만 하다.

손님들이 돌아간 후 상을 물릴 때 큰며느리가 다가와 막내아기가 크게 도왔다고 내게 전한다. 막내아기는 또 저대로 나를 찾아와 큰형님이 애쓰셨다고 공을 돌리며 반지 하나를 내민다. 저희도 힘들 텐데 무슨 돈이 있다고.

집에 돌아와 금반지를 끼고 마을을 한 바퀴 휘 돌았다. 며느리가 해준 선물이라며 자랑했더니 모두들 자식 농사 잘 지었다고 칭찬을 한다. 그럼, 자식들, 며느리들은 잘 됐지. 예쁜 금반지는 꼭 일주일 동안 내 손가락에 끼워져 있었다.

그후 그 반지는 이웃 동네 금은방에서 돈으로 바꾸었다. 장롱 깊이 모셔뒀던 시어머니의 반지들까지 이참에 같이 팔아버렸다. 어차피 장롱 속에나 넣어둘 반지, 실컷 자랑이나 했으면 됐지 더 무슨 소용일꼬.

작은며느리 퇴근 시간에 맞춰 찾아가 세탁기를 하나 사주었다. 날마다 직장에 다녀와서 밤이면 애들 빨래를 하느라 힘들어하면서도 고장난 세탁기 하나 바꾸지 않고 알뜰하게 사는 아이다. 그러면서 시어미 생일이라고 음식도 차리고 반지까지 사주는 마음이 가슴이 찡하게 고맙고 안쓰러웠다. 며느리 손을 꼭 잡으니 조잘조잘 말도 잘하던 아이가 아무 말이 없다. 젊은 나이에 벌써 거칠어진 손마디. 아가, 고맙다. 열심히 살아줘서 고맙다.

:

부모님께 드릴 것이 없으면 하루에 두세 번 웃는 얼굴로 대하라는 말이 있습니다.

자식이 근심을 보이면 부모님은 몇 배의 근심으로 잠 못 이루십니다. 장사가 안 되어도 "잘 굴러가요."라고 말하고, 일이 잘 안 풀려도 "잘 돼가요."라고 말해야지요. 그래도 부모님은 특유의 섬세한 더듬이로 모든 것을 알아채시지만요.

항상 안심시켜드리고, 기쁘고 편안하게 해드리기.

작은 효도의 실천입니다.

스물둘 • 늦깎이 학생 - 못 이룬 꿈 이루어드리기

초등학생이던 철원이가 숙제를 하고 있었다. 그러다 무엇인가 잘 풀리지 않아 어머니에게 물었다. 산수 문제였다. 분수보다 조금 더 진도가 나간 수준의 문제였던 것 같다.

"글쎄다……."

어머니는 대답을 못 하셨고, 마침 엉덩이를 들썩이던 철원이는 아무 생각 없이 "에이……." 하고는 책을 덮어버렸다. 별 생각 없이 한 행동이었다. 그저 숙제하기 싫었는데 잘 됐다, 하는 마음에서 무심코 내뱉은 말이었다. 그러나 그 순간 어머니의 얼굴은 빨갛게 달아올랐다. 그렇게 달아오른 어머니의 얼굴을 철원이는 미처 눈치 채지 못했다.

그날 저녁 아버지가 철원이를 불러 앉혔다. 낮에 어머니한테 물었던 산수 문제가 무엇인지 보자고 하셨다. 간단히 문제

푸는 것을 도와준 아버지는 조심스레 덧붙이셨다.

"다음부터 숙제는 아버지가 도와줄게."

철원이가 6학년이 되었을 때였다. 조기 영어 교육 바람이 거세게 불기 시작했다. 영어 과외를 받는 친구들이 생겨나고, 중학생 형이나 누나가 있는 아이들 중에는 이미 영어 단어를 술술 읽는 아이들도 있었다. 철원이도 영어에 호기심이 생기기 시작했다. 영어는 곳곳에 있었다. 자동차 꽁무늬에도, 거리의 간판에도, 신문 한 귀퉁이에도.

어머니랑 버스를 타고 갈 때였다. 지나가는 승용차의 뒷유리창에 우스꽝스러운 글씨체로 커다란 영어 글씨가 씌어 있었다. 무슨 뜻일까? 옆에 앉은 어머니에게 물었지만 어머니는 아무 대답이 없었다.

이때는 어머니 얼굴이 창백하게 변했다는 것을 철원이도 눈치 챌 수 있었다. 그 뒤로 그는 산수든 영어든 공부에 대한 것은 어머니에게 묻지 않았다.

가난한 농부의 딸로 태어난 철원이 어머니는 초등학교에 다닌 것이 학력의 전부이다. 그나마 동생들 돌보느라 빠진 날이 더 많았다고 한다. 머리도 좋고 호기심도 많은 어머니가 공부를 계속했더라면 아마 지금쯤 큰일을 하는 사람이 되었을 것이다.

항상 당당하고 재주도 많은 어머니지만, 학교나 공부에 대한 화제만 나오면 슬그머니 자리를 피하고 만다. 그러던 어느 날 철원이는 안방 침대 밑에서 중학교 영어 참고서를 한 권 발견했다. 책을 펼쳐보았다. 그랬더니 책 속에는 어머니의 서툰 글씨가 곳곳에 씌어져 있었다. 어머니는 혼자서 영어 공부를 하고 계셨던 것이다.

철원이가 대학에 입학했다. 입학하자마자 그는 맨 먼저 어머니께 드릴 선물부터 준비했다. 검정고시 학원 수강증이었다.

그리고 6년. 지금 철원이 어머니는 '대학생'이다. 방송통신대 영어영문학과에 다니는 엄연한 학생이다.

어머니는 철원이가 대학 입학 기념으로 선물했던 학원 수강증을 지금껏 보물처럼 간직하고 계신다. 철원이도 어머니가 건네준 카드 한 장을 소중한 보물로 간직하고 있다. 그가 학원 수강증을 선물로 드리고 난 다음날 어머니로부터 건네받은 첫 번째 카드다.

잔잔한 꽃무늬가 프린트된 카드에는 이렇게 씌어 있었다.

"THANK YOU, MY SON."

:

부모님께도 빛나던 청춘이 있었습니다. 청운의 꿈이 있었습니다.

이제는 세월에, 삶의 무게에 지워지고 잊혀진 꿈들이지만.

가끔은 용기가 나지 않아 누군가 내 손을 잡아 끌어줬으면 하고 바랄 때가 있습니다.

지금까지 당신의 꿈을 위해 희생하고 기도해주신 부모님,

이제 그분들의 꿈도 찾아드릴 때가 되었습니다.

자식들이 그 꿈을 찾아드릴 때 부모님은 아름답게 늙어가십니다. 그리고 영원한 청춘으로 머무십니다.

3장

부모님과 추억을 만들어갈 수 있는

우리는 행운아입니다

스물셋 • 소주와 족발
ㅡ 학교나 회사 구경시켜드리기

김승욱 씨가 마침내 그림 전시회를 열게 되었다. 그로서는
참으로 만감이 교차되는 순간이었다. 늦은 나이에 그림을 시
작해 치열하게 스스로를 다져가며 준비해온 전시회였다. 그
감회 때문이었을까, 꽃망울을 터뜨린 창밖의 목련도 더욱 하
얗게 빛나 보였다.

오늘이 있기까지 승욱 씨를 둘러싸고 있는 주변 환경은 황
량하고 궁핍하기 그지없었다. 그가 가진 재산이라곤 바닥에
정신없이 흩뿌려진 물감들, 그 위로 던져진 채 뒹굴고 있는
담배 몇 개비. 그것이 전부였다.

이 두 가지는 승욱 씨에게 있어 예술이 아니라 생존용이었
다. 마치 여객선에 비치된 구명 보트처럼, 비상시 잡을 수 있
는 생명줄 같은 것이었다.

늦은 밤 그림을 그리다 손에 잡은 담뱃갑에 담배가 똑 떨어졌을 때, 그때의 낭패감은 이루 말할 수 없었다. 한창 고조됐던 감흥이 한순간에 사라지고, 어떻게 하면 지금 당장 담배 몇 개비를 더 구해올 수 있을까만을 궁리하는 자신의 모습에 혐오감을 느끼기도 했다. 그래서 어떤 날은 아예 담배 몇 갑을 사다가 한꺼번에 바닥에 뿌려놓고 그림을 그렸던 날도 있었다.

그렇게라도 그림만 그릴 수 있다면 모든 것이 충분하다고 믿었던 시절도 있었다. 그러나 시간이 지나면서 점점 자신감이 사라져가는 자신의 모습에 절망한 적도 많았다. 당장 담배 살 돈, 물감 살 돈조차 없을 때는 더욱 한심했다.

그는 일찍이 아버지의 반대에 부딪혀 미대 진학을 포기했었다. 하지만 가지 않은 길에 대한 미련은 대학을 졸업하고 대기업에 취직한 다음에도 그의 머리에서 떠나지 않았다. 끝내 회사를 그만두고 그림을 다시 시작했다. 호기롭게 시작했지만, 과연 자신의 선택이 옳았던 것일까 의심하는 순간이 수없이 반복되었다.

열정만으로 그림을 그리는 것이 과연 옳은 것일까. 번민이 늘 그를 감쌌다. 아무리 열심히 달려가도 그가 쫓는 무지개는 늘 저만치 앞에 떨어져 있었던 것이다.

전시회 준비를 얼추 마치고 막 담배에 불을 붙이고 있을 때였다. 문을 두드리는 소리가 났다. 문 앞에는 아버지가 와 계셨다.

'정신 나간 녀석'이라는 말을 듣고 집을 나와 작업실을 꾸민 지 3년. 이따금 집에는 드나들긴 했지만 아버지가 작업실을 찾아오신 것은 처음이었다. 아버지의 눈길이 천천히 작업실 안을 훑고 지나갔다.

아버지가 입을 열어 전시회 준비는 잘 돼가느냐고 물었다. 신문 한 귀퉁이에 난 그룹전 소식을 보셨노라고 했다. 그 작은 기사까지 보셨다는 건 우연이었을까, 아니면 관심을 기울이고 계셨다는 것일까.

아버지는 까만 봉지를 내미셨다. 소주와 족발이었다. 그날 밤 부자는 오랜만에 술잔을 주고받았다.

그리고 아버지는 또 하나의 봉투를 내미셨다. 이번엔 돈이 든 봉투였다. 작업실 한 귀퉁이에 있던 그림 한 점을 가리키며 그 그림이 갖고 싶다고 하시면서.

승욱 씨의 가슴속에 무겁게 웅크리고 있던 응어리가 한순간에 스르르 녹아 내리고 있었다. 무언가 뜨거운 것이 그의 목울대를 치고 올라왔다.

부모는 뒤돌아 앉아 있어도 모든 것을 다 봅니다. 자식들의 생각, 자식들이 하는 일……. 모든 것을 멀리에서도 훤히 들여다봅니다.

부모는 늘 자식이 하고 있는 일에 대해 궁금합니다. 잘하고 있을까 염려하는 마음도 조금, 대견하게 제 몫을 하고 있는 자식에 대한 자부심도 조금…….

부모님이 먼저 찾으시기 전에 학교나 직장, 몸 담고 있는 곳의 있는 그대로의 모습을 보여드리는 것도 부모님께 다가가는 작은 다리가 될 것입니다.

스물넷 • 모범 답안 - 부모님이랑 노래 불러보기

출판사 편집자인 주연 씨는 누구도 감히 넘볼 수 없는 노래
방의 '지존' 이다.

성량도 풍부한 데다 감정 표현도 애절해서 웬만한 곡은 원
래 그 곡을 부른 가수보다 낫다는 평을 듣는다. 분위기 있는
발라드부터 절묘하게 꺾이는 트로트까지, 장르도 불문이다.

노래방에서 주연 씨의 노래를 한 번이라도 들어본 사람은
여린 외모의 그녀에게 어떻게 그런 끼가 잠자고 있는지 깜짝
놀라게 된다.

그러나 그녀의 노래 실력이 어렸을 때부터 다져진 실력이
라는 것을 아는 사람은 많지 않다. 그녀의 노래 솜씨는 가족
의 내력이라고 해야 할까?

주연 씨의 아버지는 노래를 참 좋아하신다. 흥이 조금만 오

르면 언제 어느 자리에서라도 노래를 부르신다. 가족들끼리 외식이라도 하는 날이면 노래방 가는 것은 당연히 정해진 순서다.

당신이 직접 부르는 것 못지않게 다른 사람의 노래를 듣는 것도 즐기는 아버지 덕분에 어린 시절부터 주연 씨는 '가수'가 되었다. 형제 중에서도 제일 목청 좋은 그녀는 아버지의 전속 가수였던 것이다.

아버지는 밤늦게 술에 취해 들어오시면 꼭 그녀를 깨워 노래를 시켰다. 레퍼토리도 아주 다양했다. 펄 시스터즈의 〈커피 한잔〉부터 〈불효자는 웁니다〉, 〈타향살이〉까지, 아버지가 좋아하는 노래들을 그녀는 거침없이 다 소화해냈다. 하긴 워낙 아버지의 노래를 많이 듣다보니 저절로 외워지기도 했다.

그런 점에서 주연 씨는 아버지 덕을 톡톡히 본 셈이다. 직장에서 일찌감치 자신을 알리는 데에도 노래가 한몫했다. 결정적인 것은 남자까지도 노래 실력 덕분에 얻게 됐다는 사실이다. 지금의 남자친구는 그녀의 노래하는 모습에 반해서 프로포즈를 해왔을 정도였으니까.

주연 씨가 그 남자친구를 아버지께 처음 인사시키던 자리. 그날도 역시 아버지는 딸을 데리고 노래방까지 갔다. 그런데 이를 어쩌나? 그녀의 남자친구는 말 그대로 음치였다.

아버지는 노래 못하는 사람은 분위기가 없는 사람이고, 분위기가 없는 사람은 사회생활도 잘할 수 없다는 야릇한 논리를 가지고 계신 분이었다. 그러니 음치인 사윗감에게 더없이 실망했음은 두말할 것도 없었다.

하지만, 주연 씨의 남자친구는 첫날의 노래 테스트에 무사히 합격했다. 기분이 좋아진 아버지는 결혼 허락은 물론이고, 2차 술자리까지 마련하셨다.

그 비결이 뭘까? 주연 씨가 미리 모범 답안을 준비하여 집중 훈련을 시켰던 것이다.

'곡은 무조건 트로트, 실향민인 아버지는 고향에 대한 노래를 선호하시므로 선곡에 참고할 것.'

노래는 못하지만 센스만은 만점인 그녀의 남자친구는 한 달 내내 연습했던 〈타향살이〉를 멋지게 불러냈고, 그날 아버지는 눈물까지 흘리셨다. 어쩌면 그 눈물은, 아버지의 마음을 읽어준 딸에 대한 감동과 고마움의 표시인지도 모른다.

아버지의 애창곡, 어머니의 애창곡이 무엇인지 혹시 아시나
요? 부모님이 왜 그 노래를 유독 좋아하시는지, 사연은 아
시나요?

누구에게나 애창곡이 있고, 그만의 깊은 사연이 있습니다.
부모님의 애창곡을 기억하고 함께 부르는 것은 그만큼 부모
님을 이해하고 사랑한다는 뜻입니다.

부모님과 노래방에 함께 가서 노래 부르는 것만으로도 부모
님의 마음에 더 가까이 다가갈 수 있을 것입니다.

내가 좋아하는 노래들이나 부모님이 좋아하시는 노래들을
모아 테이프를 만들어드리는 것도 더없이 값지고 귀한 선물
이 될 것입니다.

스물다섯 "**엄마, 아프지 마세요.**"

— 부모님 건강이 최고

자동차를 몰고 달리다보면 라디오 방송에서 흘러나오는 이야기에 매료될 때가 있다. 무심코 들었던 사연이 그냥 스쳐 지나가지 않고 가슴을 툭 치며 오래오래 여운이 남는 것이다. 아래 사연은 어느 날 운전대를 잡고 라디오를 켰다가 나도 모르게 갓길에 차를 세우게 만들었던 이야기다. 독감에 걸린 딸아이를 돌보는 어머니의 사연이었다.

딸아이가 독감에 걸려 사흘을 꼬박 누워 있다. 초등학교에 막 입학해 긴장했던 탓일까? 열이 좀 났지만 여느 때처럼 살짝 지나가는 감기겠거니 하고 학교에 보냈던 것이 잘못이었던가 보다.

열이 심해 눈도 제대로 못 뜨고 가쁜 숨을 쉬고 있는 아이를 보며 엄마는 자책한다. 잠자는 시간도 아까워할 정도로 부지런하고 활동적인 아이가 누워 있으니, 집안이 텅 빈 것만 같다. 언제나 방글방글 웃는 얼굴에 애교도 많았던 아이가 힘겨워하는 모습을 보고 있자니 엄마는 너무나 안쓰러워 가슴이 아프다.

"우리 딸, 얼마나 힘드니……. 엄마가 대신 다 아파줄 테니, 제발 아프지 말고 어서 일어나라."

그러자 아이는 잘 나오지 않는 목소리로, "엄마 아프지 마세요. 엄마가 아프면 저는 마음이 아파요." 한다.

엄마는 그만 아이를 꼭 안고 울음을 터뜨렸다. 병원을 오가고 뜬눈으로 밤을 새워 간호하며 며칠을 보내자 딸아이의 독감은 완쾌되었지만, 이번에는 엄마가 앓아누웠다.

며칠 만에 학교에 다녀온 아이는 불덩이가 된 채 누워 있는 엄마 품에 쓰러지듯 안기더니 굵은 눈물방울을 떨어뜨린다.

"왜 그래? 또 아프니?"

엄마가 걱정스럽게 묻자 아이는 목이 메어 대답한다.

"엄마, 죄송해요. 제가 엄마한테 감기 옮겨서 엄마가 이렇게 아프잖아요. 얼마나 아픈데요. 어떡해요……."

엄마 눈에도 또다시 그렁그렁 눈물이 맺힌다. 그날부터 아이는 매일 학교에 다녀와서는 수건을 차가운 물에 적셔 엄마의 이마에 올려주고 약도 챙긴다. 엄마를 간호해드린다며 자

기 방 대신 엄마 옆에 누워 잠을 청하는 딸아이.

엄마는 그새 또 촉촉해진 눈으로 잠든 딸아이를 바라본다.

"누가 이렇게 이쁜 딸을 데려다줬을까. 너 없었으면 내가
어쩔 뻔했니……."

．
．

아흔을 넘긴 수필가 피천득 선생이 폐렴으로 입원했을 때의
일화입니다.

점심때가 지난 시간이었답니다. 그 병원 의사로 있는 둘째
아들이 병실에 찾아왔을 때 선생은 "얘, 거기 냉장고에 밥
있어. 데워서 먹어라."며 환갑 나이 아들의 끼니를 걱정하셨
다고 하네요. 환갑이든 진갑이든, 부모 앞에 자식은 언제나
'아이'일 뿐인가 봅니다.

이렇게 평생을 내 몸처럼 염려해주시는 부모님, 이번에는
우리 자식들이 부모님의 몸을 내 몸처럼 염려해드린다면 부
모님의 기쁨도 커지고, 그만큼 더욱 건강하게 사시겠죠?

스물여섯 • 창고 개방 폭탄 세일
− 자식 옷 한 벌 살 때, 부모님 옷도 한 벌 사기

카툰 • 문스패밀리

"난 괜찮으니까 네 것도 한번 골라봐."

"전 옷 있어요. 다음에 사도 돼요."

이 두 분은 자식밖에 챙길 줄 모르는 우리들의 어머니이십
니다.

：

'내리 사랑'이라는 말이 있지요. 대가를 바라지 않는, 무한대의 사랑을 뜻합니다. 그러나 이 '내리 사랑'의 뜻을 결혼하기 전에는 잘 모릅니다. 아니 자식을 낳아 스스로 어머니가 되고 아버지가 된 후에야 비로소 알게 됩니다.

당신은 잇몸이 온통 들떠 고생하면서도 사랑니 하나 뽑고 와서 아파하는 자식을 보며 안쓰러워하고, 당신 손끝은 논바닥처럼 갈라져 있으면서도 자식의 손거스러미 하나에도 안타까워하시던 그 마음을 부모의 자리에 올라선 다음에야 알게 됩니다.

더 늦기 전에 그 '내리 사랑'의 만분의 일이라도 보답하며 사는 것이 부모님을 기쁘게 하고, 스스로도 복을 받는 길입니다.

"경석아! 신문 못 봤냐? 오늘 신문 어디 있지?"

낮잠을 주무시던 아버지가 갑자기 벌떡 일어나 신문을 찾으신다. 경석은 아버지가 왜 잠결에도 신문을 찾으시는지를 금방 알아차린다. 소파 위에 놓인 신문을 주섬주섬 건넸더니 아버지는 그걸 들고 방으로 들어가신다. 반쯤 열린 방문 틈새로 아버지의 구부정한 등이 보이고, 그 옆에는 펼쳐진 신문지와 로또 복권 몇 장이 놓여 있다.

바로 그런 아버지의 뒷모습을 이따금 편의점이나 가판대 옆에서도 본 적이 있다. 로또를 뽑거나 십 원짜리 동전으로 복권을 긁고 있는 나이 지긋한 남자들. 그럴 때마다 '저 나이에 어쩌다 저런 요행이나 바라게 됐나.' 한심하게 생각했는데, 그 모습이 아버지의 등 위로 겹쳐진다.

아들의 기척을 느낀 아버지는 조금 겸연쩍은 표정으로 아들을 불러 앉힌다.

"내가 눈이 침침해서 안 보이니까 니가 한번 맞춰봐라."

경석이 신문을 뒤적여 번호를 맞춰봤지만 모두 꽝이었다. 아버지는 재미로 한번 사봤는데 역시 안 된다며 허허 웃으셨지만, 그 웃음이 쓸쓸하다. 어머니가 보면 또 한 잔소리를 할 거라며 이제는 휴지조각이 되어버린 복권 다섯 장을 다시 주머니에 부스럭부스럭 집어넣는 아버지.

경석은 자기 방으로 건너가면서도 괜히 마음이 무겁다. 아버지를 실망시킨 복권이 야속하기도 하고.

퇴직한 지 3년. 아버지는 요즘 부쩍 더 늙으셨다. 갈수록 더 초조하신 모양이다. 평생 회사원으로만 살아오신 터라 장사라는 것도 자신 없으신지 이것저것 알아보고만 다닐 뿐 시작할 엄두도 못 내고 계신다. 그렇게 시간이 지나다보면 얼마 안 되는 퇴직금마저 야금야금 줄어들 것이 불보듯 뻔하다.

경석은 지금 대학 4학년 학생이다. 지금이라도 얼른 졸업하여 취직이라도 해서 아버지의 짐을 덜어드려야 한다는 것을 잘 안다. 하지만 아직도 일 년이나 남은 대학 생활. 시간이 얼른 흐르길 기다릴 수밖에 없다. 졸업한다고 해서 곧바로 취직이 된다는 보장도 없다. 경석은 또다시 우울해진다.

경석이 무심코 운동복 주머니 속에 손을 집어넣으니 지폐 몇 장이 손에 잡힌다. 경석은 얼른 아버지 방을 향해 소리쳤다.

"아버지! 오늘 엄마가 늦으신다는데 국수나 먹으러 나갈까요? 제가 쏠게요!"

부자는 집 근처의 포장마차로 들어섰다. 따끈한 국수 두 그릇에 소주도 한 병 시켰다. 공부한다, 아르바이트한다며 바깥으로만 돌아다니느라 아버지랑 마주 앉은 것도 정말 오랜만이다.

주인이 반갑게 인사하는 것을 보니 아버지는 종종 혼자 이곳에서 소주잔을 기울이셨던가 보다. 가족에게도 보일 수 없는 외로움을 술잔에 타서 드셨을 아버지. 술값을 치르려는 경석을 기어이 밀쳐내며 아버지는 당신 지갑을 여신다.

"이 녀석아, 아버지 아직 안 죽었어!"

집으로 향하는 길, 편의점 불빛을 향해 경석은 아버지의 손을 끌었다. 그리고 주머니 속 지폐를 꺼내 로또 두 장을 사서 한 장을 아버지에게 건넨다.

"아버지, 이거 당첨되면 반은 저 주셔야 돼요. 제가 사드린 거니까요."

"어림없다! 가진 사람이 임자지."

밤하늘에 둥근 보름달이 휘영청 걸려 있다. 경석은 보름달을 바라보며 속으로 기원한다.

'이 복권이 아버지에게 복덩이가 됐으면 좋겠습니다. 대박의 꿈이 욕심이라면 조그만 바가지라도. 아니, 작은 웃음이라도 드릴 수 있게 달님, 도와주세요.'

:

아버지의 술잔에는 눈물이 반입니다.

집안에 어려운 일이 있을수록, 아버지 자신의 신상에 좋지 않은 변화가 생길수록 더욱 그렇습니다. 사랑하는 가족이 있지만, 그 고민까지 함께 나누고 싶지 않아 대신 혼자서 술 잔을 기울이게 됩니다.

가끔은 그런 아버지의 술친구가 돼보십시오. 말은 없어도 찰랑이는 술잔 너머 건너가고 건너오는 진한 이야기가 있을 테니까요.

때로는 어머니가 그 술친구가 되어도 좋겠지요. 잠자리에 들기 전 부부가 함께 술잔을 기울이는 모습도 괜찮아 보입 니다. 잠도 잘 올 것이고……. 혹시 압니까, 술김에 뜻밖의 로맨스가 벌어질지도…….

스물여덟 • 고마우신 부모님상
─ 감사장 만들어드리기

언제부터인가, 돌잔치도 호사스러운 이벤트가 되어가고 있다. 일류 호텔 연회장에서 치러지는 행사도 흔하고, 행사 내용도 갈수록 요란해지고 있다.

아들의 돌을 앞둔 미연 씨도 갑자기 바빠진 마음에 주위의 조언을 구하다가 기함을 하고 말았다. 요즘에는 행사장에 아이 사진이나 풍선 장식은 기본 중에서도 기본일 뿐이란다. 아예 연예인처럼 대형 브로마이드나 롤 스크린을 붙여놓고, 그동안 촬영한 영상물도 근사하게 편집해 상영해준다나?

포스터나 '탄생일보'처럼 요란한 인쇄물도 만들어 손님들에게 돌리고, 돌잡이로 잡을 물건을 손님들이 미리 알아맞히게 해서 맞힌 사람에게 선물까지 증정하는 이벤트도 한다는 것이다. 게다가 전문 사회자를 부르는 경우도 많다고 하니 눈이 튀어나올 지경이다. 그렇게 하려면 도대체 돈은 얼마나 써야 하나.

아무것도 모를 우리의 주인공, 아들의 한복과 양복도 준비해야 하고, 손님들 접대할 식사에, 돌아갈 때 선물할 답례품 등등. 이쯤 생각하니 머리가 깨질 듯하다.

맞벌이를 하느라 친정으로, 시댁으로 아이를 맡기며 어렵게 보내왔던 일 년이었다. 양쪽 부모님들께도 죄송하고 아이에게도 미안한 마음에 돌잔치라도 제대로 해볼까 마음먹었지만, 이것이 과연 잘하는 일인지도 모르겠다.

일찌감치 자리 잡겠다고 맞벌이를 하느라 이 고생인데, 어렵게 번 돈을 이렇게 쓰는 것이 부모님께도 썩 잘하는 일이 아닐 것 같다. 그래서 남편과 궁리 끝에 미연 씨는 나름대로 과감한 결단을 내렸다. 최대한 간소하게 차리고 손님도 가까운 분들만 초대하기로 한 것이다. 대신 그렇게 절약한 비용으로 양쪽 부모님께 선물을 드리기로 했다. 그 선물은 다름 아닌 부모님께 드리는 '감사장'이다.

돌잔치의 주인공이 아기인 것은 사실이지만, 사실 주인공이야 뭘 알겠나. 돌잔치란 아이를 축복해주는 날이기도 하겠지만, 그 뒤에서 고생하며 키워온 사람이 주인공이 되어 축복을 받아야 하는 날이 아닐까.

특히 친정 엄마를 생각하면 목이 메인다. 어느 곳 하나 안

아픈 데가 없는데도 못난 막내딸 행복하게 잘 살기를 바라는 마음으로 관절염도 아랑곳하지 않고 손자를 길러주고 계신 친정 엄마. 결혼하면 호강시켜드리겠다고 큰소리만 뻥뻥 쳤지, 막상 결혼하고 나서도 엄마의 희생을 요구하고 있는 이기적인 딸자식일 뿐이다.

이번엔 시어머님을 생각해본다. 미연 씨의 가슴이 더욱 뜨거워진다. 친정 엄마가 편찮으신데도 고생하고 계신다며 시어머님도 일부러 오셔서 아이를 돌봐주시니 그때마다 감사하고 송구스러울 따름이다. 그러고 보면 미연 씨는 행복한 사람이다. 얼른 자리 잡아 양가 부모님들 편안하게 모셔야 할 텐데, 그 날이 언제나 올까.

조촐하게 치러진 돌잔칫날, 결국 미연 씨는 양가 부모님께 드릴 감사장을 읽지 못했다. 읽다가 그만 목이 메어서 남편이 대신 읽고 말았다. 남편은 친정 부모님께, 미연 씨는 시부모님께 드리며 낭독을 하기로 했는데, 미연 씨가 주저앉는 바람에 두 사람의 몫을 남편 혼자서 치러내야 했다.

감사장

고마우신 부모님상

인규 할아버지, 할머니께.

인규가 태어난 지 어느덧 일 년이 되어 이렇듯 뜻 깊은 자리를 마련했습니다.

한밤중에 아이가 뒤척이는 소리에도 저절로 눈이 떠질 때, 부모님께서 나를 이렇게 키워주셨구나, 하는 생각에 가슴이 아파왔습니다. 부모가 된다는 것이 얼마나 큰 정성과 인내와 사랑이 필요한 것인지 이제야 깨닫게 됩니다.

부모님이 보여주시는 한없는 사랑에 감사드립니다. 부족한 며느리를 늘 예쁘게 봐주신 두 분께서 몸소 보여주신 사랑을 본받아 더욱 행복한 가정을 꾸려가도록 노력하겠습니다.

아버님, 어머님. 고맙습니다.

– 며느리 올림

감사장

고마우신 부모님상

인규 외할아버지, 외할머니께.

곱게 키우신 막내딸을 저에게 보내주시어 예쁜 가정 이루고 인규를 얻었습니다.

세상에 또 한 분의 부모님이신 아버님, 어머님. 아낌없는 사랑과 수고로 부모의 몫까지 대신해서 인규를 키워주시고, 저희 가정을 지켜봐주신 두 분의 은혜를 무엇으로 갚아야 할까요. 앞으로 든든한 사위로서 본분을 다하고, 언제나 부족하지만 열심히 노력해 두 분께 기쁨과 보람을 안겨드리겠습니다. 저희 가정 행복하게 일구어가는 모습 오래도록 지켜봐주십시오.

아버님, 어머님. 사랑합니다.

— 사위 올림

제자식이 장난치면 손뼉치며 웃으면서
부모님이 훈계하면 벌레씹은 표정이네
제자식은 떠들어도 싱글벙글 좋아하며
부모님의 기침소리 듣기싫어 인상쓰네

자식위해 쓰는돈은 아낌없이 쓰건만은
부모위해 쓰는돈은 요것조것 따져보네
제자식들 손을잡고 외식회수 잦건마는
늙은부모 위해서는 한번외식 망설이네

인터넷에 떠도는 글입니다. '내 자식만은 안 그런다.'고 굳게 믿어보지만 사랑은 어김없이 내리 사랑, 부모는 뒷전이고 어린 자식만 귀할 뿐입니다.

꼭 돌잔치 때가 아니더라도 기념할 만한 날, 고마운 마음을 상장으로 만들어서 전달하는 것도 즐겁습니다. 받는 부모님도, 드리는 자식도…….

물론 형식적인 종이 한 장보다는 묵묵히 실천하는 행동 하나가 더 값지겠지만요.

스물아홉 • 엄마의 엄마 - 부모님도 한때 사랑받던 자식이었음을 기억하기

오늘도 수진 씨는 어김없이 퇴근길에 어머니를 만난다. 두 모녀가 만나는 곳은 전철역 입구. 밀려 나가는 인파들……. 퇴근 무렵 지하철역은 언제나 사람들로 북적인다. 종종걸음을 걷는 미니스커트의 아가씨, 축 처진 어깨로 걸어가는 여학생, 소녀들처럼 웃음 지으며 팔짱을 끼고 가는 고운 백발의 할머니들. 그 가운데 한 아주머니가 커다란 시장가방을 양손에 들고 기우뚱거리며 수진 씨에게 다가온다. 엄마다.

태줄은 태어나면서 잘리는 것이 아닌가 보다. 시집을 보내 떨어져 살면서도 이렇게 끊임없이 무언가를 전해주고 싶어하는 모성. 엄마는 시장에 나온 김에 함께 샀다며 퇴근 때마다 딸을 찾아 찬거리를 들려 보낸다.

찬거리를 건네받은 수진 씨가 저녁이나 같이 하자고 말을

던져보지만 엄마는 늘 그렇듯 고개를 저으며 인파 속으로 총총 멀어져간다. 엄마의 뒷모습을 바라보는 순간 이번에는 저녁상을 기다리고 있을 아이들의 모습이 머리에 떠오른다.

다음날 퇴근길, 수진 씨는 지하철을 타기 전에 회사 근처 백화점에서 빛깔 고운 스카프 하나를 샀다. 봄날인데, 엄마의 봄날은 어디쯤 가고 있을까. 아니, 오고 있을까? 그러고 보니 어제 엄마 얼굴은 많이 피곤하고 헬쑥해 보였다.

"엄마, 오늘 컨디션은 어때요?"

모처럼 애교를 떨며, 눈에 아른거리는 아이들의 모습을 뒤로하고 오늘은 엄마의 손을 잡고 친정집으로 발을 옮긴다. 그리고 서둘러 따끈한 차 한 잔을 끓여 엄마 옆에 앉는다. 물끄러미 찻잔을 내려다보던 엄마가 문득 말을 꺼낸다.

"나도 엄마가 살아 계셨으면 좋겠다."

"왜, 갑자기?"

"물어볼 것도 있고, 먹고 싶은 것도 있고……."

그 순간 수진 씨는 둔기로 크게 한 대 맞은 듯한 느낌이 든다.

'그렇지, 그렇지, 엄마에게도 엄마가 계셨었지……. 엄마가 내게 해준 것처럼 모든 걸 다 해주는 엄마가 계셨었지.'

:

부모님도 한때는 젖살 통통한 어린아이였습니다. 눈에 넣어도 아프지 않고, 쥐면 날아갈 듯한 귀한 자식들이었던 시절이 있었습니다.

우리가 먼 곳에서도 탯줄처럼 이어져 있는 부모님을 향한 그리움의 끈을 놓을 수 없듯, 부모님도 당신들의 부모님과 영원히 이어져 있습니다.

이제는 볼 수 없어, 이제는 위로받을 수도 없어, 이제는 보호받을 수도 없어 사무치기만 한 마음. 가끔은 그 마음을 어루만져드리는 딸과 아들이 되시기를 바랍니다.

서른 • 밑줄 긋기 – 부모의 유산 이어가기

"회초리 꺾어와!"

아직도 아버지의 호통 소리가 귓가에 쟁쟁하다. 어린 시절 아버지는 나에게 매를 들어 책을 읽게 하셨다. 그리고 이따금 검사를 하시고 책에 밑줄이 그어져 있지 않으면 회초리를 꺾어오게 해서 종아리를 때리셨다.

초등학교 때와 중학교 때 아버지로부터 고문받듯 읽은 두 책이 있다. 함석헌의 《뜻으로 본 한국 역사》와 아널드 토인비의 《역사의 연구》다. 아버지는 "부드러운 것만 먹으면 이 상한다. 딱딱한 것도 씹을 줄 알아야 한다."며 이 책들을 읽게 했고, 어린 나는 무슨 뜻인지도 모르면서 밑줄을 그어 흔적을 남겨가며 읽었다.

그러나 이 두 책은 내 인생에 가장 큰 영향을 주었다. 나이가 들어 다시 읽을수록 새로운 의미들을 발견하게 된다. 지금도 이 두 책은 항상 내 사무실 서재의 한켠을 차지하고 앉아 내 인생의 좋은 지침서가 되어주고 있다.

아버지는 시골 교회 목사셨다. 교회에서 사례비로 받는 것이 고작 보리쌀 한 가마니에 쌀 몇 말 수준이었다. 그래서 3남 4녀인 우리 일곱 남매는 늘 배가 고팠다. 밥 때가 되면 서로 한 숟가락이라도 더 먹으려고 다투다 싸움으로 번졌고, 항상 누군가 울음을 터뜨리는 것으로 끝이 나곤 했다.

이런 경제적 어려움 때문에 어머니가 고생을 많이 하셨다. 아직도 내 기억 속에 선명한 어머니의 모습은, 빈 고구마밭에 동그맣게 앉아 고구마 이삭을 캐는 모습이다. 이미 추수가 끝난 빈 고구마밭을 호미로 다시 파헤쳐서 주인이 미처 거둬가지 못한 깨진 고구마를 챙겨오시던 모습이다.

이렇게 캐온 고구마를 깍두기보다 조금 크게 썰어 보리밥에 잔뜩 섞으면 이름하여 '고구마밥'이 된다. 두세 그릇 나올 보리밥이 고구마가 잔뜩 섞이는 바람에 열 그릇, 열 다섯 그릇으로 늘어 나온 것이다. 그 고구마밥을 참 많이 먹고 자랐다.

이따금 아버지 어머니가 부부 싸움을 하시곤 했다. 어떤 고생에도 꿋꿋하셨던 어머니였지만 외출하고 돌아오시는 아버지의 옆구리에 책 한 권이 꼭 끼어 있는 것을 보시면 한마디씩 볼멘소리를 내시곤 했다.

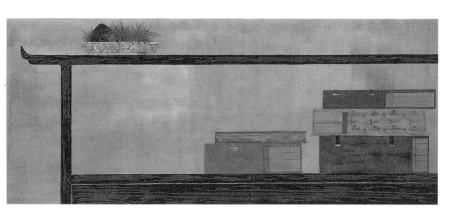

"또 책을 사셨어요?"

그러면 아버지는 겸연쩍은 목소리로, 때로는 비굴해 보이기까지 하는 표정을 지으며 어머니를 달랬다.

"그러면 어떡하란 말이오. 목사가 책을 보아야 생각도 하고 설교도 하고 할 것 아니오."

그러면 어머니의 목소리는 더욱 커졌다.

"내가 한 달 내내 고구마 이삭을 주워봐야 당신이 사오는 책 한 권 값도 안 돼요."

부부 싸움이 끝나면 아버지는 서재에서 책을 읽으며 마음을 달래셨다. 한 권, 한 권 어렵게 산 책이기에 무엇보다 애지중지하셨다. 집안에 공간이 있는 곳이면 어디나 책이 쌓였다. 붉은 벽돌을 쌓고, 그 위에 나무판자를 대고 책을 쌓고, 다시 책이 많아지면 붉은 벽돌을 쌓고 그 위에 다시 나무판자를 올려 책을 쌓으셨다.

십수 년 전 아버지는 일흔두 살을 일기로 세상 소풍을 마치고 소천하셨다. 그러면서 그렇게 힘들여 모은 어마어마한 분량의 책을 내게 물려주고 가셨다.

그러므로 아버지가 물려주고 가신 책은 나에게 있어 그냥 책이 아니다. 그분의 눈물이고, 비굴함이고, 영혼이고, 삶 전체다. 돈으로 환산할 수도, 그 어떤 것과도 견줄 수 없는 아버지의 영적·정신적 유산인 것이다.

아버지가 돌아가시고 얼마 뒤의 일이었다. 어느 날 아버지가 물려주신 책을 읽어 내려가다 그 책에서 아버지가 그어놓은 밑줄을 발견했다. 그 순간 나는 전류에 감전된 듯한 뜨거운 느낌을 받았다. 돌아가신 아버지가 그어놓은 밑줄에서 살아 있는 아버지의 숨결을 느낀 것이다.

"희망이란 본래 있다고도 할 수 없고 없다고도 할 수 없다. 그것은 마치 땅 위의 길과 같은 것이다. 본래 땅 위에는 길이 없었다. 걸어가는 사람이 많아지면 그것이 곧 길이 되는 것이다(노신의《고향》중)."

나를 주저앉혔던 아버지의 밑줄쳐진 글귀, 이 구절은 내가 맨 처음 발송했던 '고도원의 아침편지'의 첫 글이 되었다.

요즘에도 나는 아버지의 책이, 아버지의 밑줄이 내 마음 한편을 따뜻하게 채우고 있음을 느낀다. 아버지가 밑줄 그었던 그 아름다운 글귀들 때문에 내가 깨닫고 사랑할 수 있게 된 것이 얼마나 많았던가. 그래서 나는 오늘도 내가 읽는 책 속에 보석처럼 숨겨진 아름다운 글귀들을 찾아 열심히 밑줄을 긋는다.

:

저는 어린 시절 '교회 울타리'가 싫었습니다. 목사의 아들로 태어나 언제나 교회 사택에 살아야 하는 것이 너무도 싫었습니다. 그래서 반항도 많이 하고, 아버지 속도 많이 썩여드렸습니다. 아버지는 제가 당신의 대를 이어 훌륭한 목사가 되기를 바라셨습니다. 그 방법의 하나로 매를 들어 책을 읽게 하는 훈련을 시켰습니다.

당시에는 너무 싫었고, 고문과도 같은 것이라 여겼는데, 이제 와 돌아보니 이것이야말로 아버지가 저에게 남겨주신 최고의 유산이 되었습니다. '아침편지'도 사실 아버지의 유산에서 시작된 것입니다.

어린 시절 아무리 부모님께 반항하고 거역하고 피해가도 결국 그 품 안으로 돌아가는 것, 그것이 자식입니다.

서른하나 ● 목회자의 길
– 어릴 적 나에 대한 부모님의 꿈 들어보기

어머니는 내가 뱃속에 있을 때부터 하나님께 기도하며 이렇게 서원하셨다고 한다.

"고추를 달려 보내주시면 그 아들을 당신의 종으로 키우겠습니다."

나는 자라면서 이 이야기를 어머니로부터 수없이 들었다. 그러나 그 이야기가 반복될수록 나는 그 말이 싫어지기 시작했다.

어머니는 내가 장차 훌륭한 목회자가 되기를 바라셨지만 나는 아니었다. '교회 울타리'도 싫었지만, 아버지와 같은 목회자의 길은 더욱 싫었다. 그것은 아마도 아버지를 통하여 목회자의 삶이 얼마나 힘들고 고통스러운 일인지를 너무도 잘 알게 되었기 때문이 아닐까 싶다.

그러면서도 결국 나는 어머니의 눈물 기도 앞에 무릎을 꿇었다. 내가 마침내 연세대학교 신학대학에 입학했을 때 누구보다 기뻐했던 분은 어머니셨다.

그러나 이번에는 '유신 시절'이라는 시대적 상황이 내 길을 막아섰다. 대학교 신문 《연세춘추》의 기자가 되고 편집국장 자리에 오르면서 나는 학교 신문 만드는 일에 빠져들었다. 보들레르의 시집 《악의 꽃》을 인용하기만 해도 필화를 겪던 유신 시절, 학교 신문과 유인물 등을 통해 열심히 글을 쓰던 나는 긴급조치 9호 위반으로 제적되고 말았다. 나보다 더 크게 절망한 사람은 다름 아닌 어머니셨다. 아들에 대한 어머니의 모든 희망이 한순간에 좌절되고 만 것이다.

하지만 학생 운동 배후조정 혐의로 구치소 생활을 했고 군대에 끌려갔던 내게 어머니는 절망의 눈빛을 내보이시기는커녕, 오히려 "장하다. 하나님이 너를 다른 방식으로 쓰시려 하는 거다."라며 위로해주셨다.

10·26이 나기까지 10년 동안 나는 백수건달이었다. 제대를 하고 나왔지만 제적생을 받아주는 곳은 아무데도 없었다. 임시직도 받아주는 곳이 없었다. 그래서 한때는 아현동 고갯길에서 빵떡모자를 쓰고 웨딩드레스를 만들어 팔기도 했다. 어머니가 말씀하신 '다른 방식'이라는 것이 도대체 무엇이란 말인가.

나는 하루 하루의 삶에 지쳐가고 있었다. 그러나 그 고통스런 시간들이 나를 단련시켰다. 무엇이 진정 나를 행복하게 하고 불행하게 하는지 알게 되었던 것이다. 웨딩드레스 장사로 돈은 제법 벌게 되었지만 글쓰는 일이 간절하게 그리워지기 시작했다. 활자 'ㅎ' 자만이라도 있는 곳에서 일할 수만 있다면 살 것 같았다. 어디 인쇄소에 들어가 인쇄공이라도 되면 숨통이 트일 것 같았다. 백방의 노력 끝에 나는 결국 기자 생활을 하게 되었고, 오랜 세월을 거친 후 이렇게 '아침편지'를 쓰는 사람이 되었다.

2001년 8월 1일에 돛을 단 '아침편지'는 회원들이 자발적으로 주변 사람들에게 추천하면서 불과 7개월 만에 7만 명이 넘는 대식구를 이뤘고, 4년이 채 못 돼 150만 명의 대가족이 되었다. '아침편지' 가족들로부터 하루에 많게는 수천 통의 이메일을 받는다.

자살까지 생각하던 사람이 '아침편지'를 받고 생각을 바꾸게 됐다는 사연, '아침편지'를 받으면서 새로운 삶을 시작하고 자녀들도 조금씩 달라지는 걸 느낀다는 학부모의 이메일을 받으면서 내가 어쩌다가 '아침편지'를 쓰고 이런 이메일을 받게 되었나 감회에 젖을 때가 많다. 그런 편지들은 늘 나를 가슴 뛰게 한다.

누구든 마음이 아프고 괴로울 때, 슬프고 절망할 때, 사랑을 잃었거나 시작할 때, 꿈과 희망이 필요할 때, '아침편지'의 맑은 물방울을 한 모금씩 마시는 것만으로도 힘과 용기를 얻을 수 있기를 소망하고 시작한 일이었다. 그것이 작은 울림이 되어 되돌아와 나를 더욱 성장시키고 감동하게 만들고 있는 것이다.

어느 날, 내 머릿속에 어릴 적 반복해 들었던 어머니의 서원 기도가 섬광처럼 스치고 지나갔다.

"하나님이 너를 다른 방식으로 쓰시기 위해 그러신 거다."

그렇다. 어머니의 꿈은 좌절된 것이 아니었다.

나는 '아침편지'를 통해, 눈물로 간절히 기도하신 어머니의 꿈을 다른 방식으로 이루고 있음을 깨닫게 된 것이다. 수많은 사람들과 마음을 나누며, 희망과 행복을 전파하는 이 일이야말로 또 다른 방식의 목회자의 길은 아닐까. 어쩌면 어머니는 지금 하늘 나라에서 아들의 모습을 대견스럽게 바라보시며 흐뭇하게 웃고 계실지도 모른다.

⋮

어머니께 당신의 태몽에 대해 물어보신 적이 있습니까? 어머니가 말씀해주시는 태몽은 아마도 내용은 같아도 표현 방식은 시기에 따라 달라질 겁니다. 그때그때의 어머니의 꿈과 그 당시 자식에 대한 희망과 기대가 반영되기 때문이지요.

아버지의 희망, 어머니의 기도는 엄청난 위력을 발휘합니다. 어머니께서 눈물 흘리며 드린 간절한 기도는 반드시 이루어집니다. 어찌보면 우리 모두는 사실 어머니의 기도 덕분에 살아가고 있는지도 모릅니다.

서른둘 · 원조 얼짱 - 부모님의
젊은 시절 사진을 액자로 만들어드리기

인터넷에 한때 얼짱 열풍이 불었다. 기존의 연예인이 아닌 일반인 가운데도 얼짱 스타가 나타나는가 하면, 생각지도 못했던 옛 사진 한 장으로 '원조 얼짱'의 영예를 얻은 사람도 등장했다.

드라마 〈전원일기〉에서 궁상맞은 시골 노총각 '응삼이' 역을 맡았던 탤런트 박윤배 씨가 시원스런 꽃미남형의 옛 사진 한 장으로 뒤늦은 인기를 얻었고, 1980년대의 인기 코미디언 배연정 씨도 청순하고 고운 20대 때의 사진 한 장이 공개되면서 신세대들의 관심을 끌게 되었다.

이제 쉰 살이 넘은 배연정 씨는 예기치 못했던 이 새로운 현상에 대해 어리둥절하기도 하고 기쁘기도 한 자신의 감상을 인터넷 팬카페에 다음과 같은 글로 남겼다.

알지도 못했던 인터넷에 저의 카페가 생겼다는 소리를 듣고 처음엔 저를 놀리는 줄 알았습니다. 그러나 신문지상과 뉴스를 통해 확인하고, 방송국에서 섭외가 들어왔을 때 당황스러워 말도 안 된다며 거절했었습니다. 이 나이에 여자 원조 얼짱이라니……. 깜짝 놀랐습니다.

젊은층은 잘 몰라보는 사람들이 더 많았는데, 요즘은 지나가는 저의 모습을 보며 얼짱 지나간다는 말들을 많이 합니다. 처음엔 당황스럽고 황당했지만 이제는 기분이 너무 좋습니다. 흘러간 배우인 줄 알았는데, 다시 떠오르는 배우가 된 것 같아 젊음을 되찾은 기분입니다.

제가 여러분에게 꼭 하고 싶은 말이 있습니다. 여러분 부모님의 앨범을 뒤적여보세요. 그곳에는 또 다른 여러분의 모습이 있을 겁니다. 어떤 얼짱과도 비교할 수 없는 멋진 모습의 젊은이가 있을 겁니다.

그 모습을 인터넷에 올려보세요. 그러면 제가 여러분을 통해 느꼈던 희열과 감동을 여러분의 부모님도 느끼실 수 있을 겁니다. 그게 바로 효도입니다.

정말입니다. 부모님의 옛 앨범을 꺼내보면 남정임, 문희, 신성일, 남궁원이 그 안에 있습니다. 빛나던 청춘은 어느새 주름진 피부와 굽은 어깨로 변해버렸습니다. 부모님의 눈부신 젊음을 빼앗아간 건 세월이 아니라 우리들이 아니었을까요? 블로그나 컴퓨터 바탕화면에 자기 사진만 열심히 올릴 게 아니라, 부모님의 젊은 시절 사진도 올려봅시다. 기왕이면 한 장 큼직하게 뽑아서 액자로 만들어보는 것은 어떨까요? 이미 흘러간 부모님의 지난 시간을 다시 돌려드릴 수는 없지만 진한 추억만은 한 움큼 건져올 수 있을 겁니다.

4장

하루라도 더 사랑할 수 있는
우리는 행복합니다

서른셋 •"걱정 마세요."
    ─ 때로는 착한 거짓말하기

"요즘 모두들 어렵다는데 김서방 회사는 괜찮다니?"

"네, 괜찮아요. 요즘도 정신없이 바쁘대요."

"서울은 여기보다 추울 텐데, 너 애 낳고부터 추위도 많이 타던데 옷은 따뜻하게 잘 챙겨 입냐?"

"그럼요. 엄마나 따뜻하게 지내세요. 참, 허리 아픈 건 괜찮으세요?"

"그래. 니가 보내준 전기 매트 덕분에 좋아졌나 보다."

"언제 한번 다니러 갈게요."

"번거롭게 오긴 어딜 와. 내가 또 전화하마."

"엄마…… 식사 잘 챙겨 드세요."

"그래. 너나 잘 챙겨 먹어. 식구들 치다꺼리만 하지 말고."

"걱정 마세요. 나 원래 잘 먹잖아."

"끊는다."

"네, 끊을게요."

전화기를 내려놓고 경희 씨는 목이 잠긴다. 남편은 벌써 석 달째 실직 상태다. 일자리를 알아보러 이리저리 다니느라 바쁠 뿐.

그냥 앉아 있을 수만은 없어 그녀는 새벽길을 달려 우유 배달을 하고 있다. 추위가 뼛속까지 스며들어 감기를 앓아가면서도 눈앞의 현실을 어쩔 수 없어 새벽길을 나서고 있다. 그래도 다행이다. 어머니가 곧이곧대로 믿어주셔서. 어서 빨리 봄이 와야 할 텐데…….

전화를 끊고 어머니도 작은 한숨을 내쉰다. 겨울이 되니 허리 통증은 점점 심해져 잠을 설칠 때도 있다. 전기값 아까워 딸이 보내준 매트는 여간해서 잘 켜지도 못한다.

멀리 시집가 살고 있는 딸아이. 잘 지낸다지만 빡빡한 생활에 어려움이 왜 없을까. 그래도 만나거나 전화 통화를 할 때마다 여전히 "괜찮아요, 잘 살아요, 걱정 마세요."라고 말해주는 딸아이가 고맙고 대견할 따름이다.

'하얀 거짓말'이라는 말이 있습니다. 상대방의 마음에 상처를 덜어주기 위해 때로는 거짓말도 필요한 법입니다. 어차피 나누어서 질 수 있는 짐이 아니라면, 착한 거짓말로 덮어두는 것이 낫겠지요. 자식의 작은 한숨에도 부모는 굵은 눈물을 흘리는 법이니까요.

인생의 모든 행복과 불행은 가정에서 시작됩니다. 가정이 화목하고 행복하면 그곳이 곧 작은 천국입니다. 자식들의 말 한마디가 부모의 마음을 천국으로 만들기도 하고, 지옥으로 만들기도 합니다.

서른넷 • 스물셋, 꽃다운 나이
– 홀로되신 부모님께 친구 만들어드리기

박 이사가 모처럼 발을 뻗고 텔레비전을 보고 있다. 텔레비전에서는 때마침 '황혼 미팅' 장면이 비친다. 화면에서는 빨간 넥타이를 맨 할아버지가 웃고 있다. 그 옆에는 꽃무늬 정장으로 한껏 멋을 낸 할머니가 수줍게 웃음 짓고 있다. 처음 만난 낯선 사이들이지만 손을 잡고 춤을 추기도 하고, 구성지게 노래를 부르기도 한다. 할아버지, 할머니들의 표정이 청년처럼 젊고 건강해 보인다.

자식들 눈치, 남들 시선 때문에 혼자된 외로움도 오래 참으며 지내왔지만, 이제는 자신들을 위해 살고 싶다는 노인들의 모습도 비춰준다. 일흔두 살이라는 백발의 한 할아버지에게 기자가 다가가 결혼하실 거냐고 묻자 기다렸다는 듯이 대답한다.

"해야지, 아직 20년은 더 살 건데."

또 다른 사람을 인터뷰한다. 예순일곱의 할머니다. 일 년 전에 새로운 사람을 만나 결혼했다고 한다. 그동안 너무 쓸쓸했었는데 새 신랑을 만나 행복하게 살고 있다며 수줍게 웃음 짓는 할머니의 모습을 보다가 박 이사는 리모컨을 눌러 텔레비전을 끄고 말았다. 행복해하는 그 할머니의 수줍은 웃음이 그의 가슴을 아프게 쳤던 것이다.

그는 조용히 일어나 어머니가 주무시는 방문을 가만히 열어보았다. 이제 막 잠이 드셨는지 아들의 인기척을 못 느끼시는 것 같다. 박 이사는 잠든 어머니의 얼굴을 잠시 들여다본다. 아직도 고운 태가 남아 있는 어머니의 얼굴이지만 왠지 외롭고 쓸쓸해 보인다.

박 이사의 어머니는 스물셋 꽃다운 나이에 혼자가 되셨다. 세 살 먹은 그를 두고 아버지는 돌아가셨고, 어머니는 그후 한평생을 혼자 몸으로 그를 키워왔다. 일흔아홉인 지금도 고운 태가 남아 있는 어머니시다. 그러니 젊었을 때는 어떠셨을까. 실제로 젊은 시절의 어머니는 동네 미인으로 소문이 났고, 주위의 시선도 많이 받았다. 덕분에 혼자되신 이후에도 개가하라는 제의를 여러 번 받았지만, 그때마다 없던 일이 되고 말았다. 하나뿐인 아들, 박 이사의 반대 때문이었다.

그가 초등학교에 다닐 때였다. 하루는 학교에서 돌아오니

현관에 낯선 신발이 보였다. 이웃집 아주머니가 와 계셨다. 아주머니 옆에는 낯선 남자도 앉아 있었다. 불쑥 들어오는 그를 맞는 어머니의 얼굴은 붉게 상기돼 있었다. 한눈에 그 상황을 눈치 챈 그는 어머니의 가슴을 두 손으로 치며 눈물을 터뜨려버렸다.

어머니에게 남자를 소개시켜주었던 이웃집 아주머니가 미워서 길에서 만나도 인사도 하지 않았고, 어머니는 불편한 마음에 이사를 갈 수밖에 없었다.

그후로도 여러 차례 어머니에게는 기회가 있었지만, 그때마다 그는 용납하지 않았다. 자신에게 이 세상의 전부인 어머니가 다른 남자와 함께 산다는 것을 상상도 하고 싶지 않았다. 아들인 자신이 있는데, 왜 또 다른 가족이 필요한지도 이해할 수 없었다.

그에게 어머니 하나로 충분하듯, 어머니에게도 아들 하나로 충분하다고 생각했던 것이다. 나이가 들고, 또 철이 들고도 한참 동안 그런 생각을 고집스럽게 지켰다.

얼마 전, 박 이사는 딸을 시집보냈다. 업계에서도 인정받으며 승승장구해온 그였던 만큼 하객들도 많았다. 그 결혼식장에는 당연히 박 이사의 어머니도 참석했는데, 많은 사람들이 그분의 고운 자태를 보고 적이 놀랐다. 아직도 고운 이목구비가 선명하게 드러나는 단아한 미인이셨던 것이다. 신부가 할머니를 닮아 미인이라는 하객들의 인사가 이어졌을 정도였다. 박 이사에게도 농담이 건네졌다.

"당신, 어머니 안 닮고 아버지 닮았구먼. 어머니가 아주 미인이신데."

예식을 마치고 피로연장에 나타난 박 이사는 앞에 놓인 맥주를 한 잔 가득 채워 마셨다. 딸을 시집보내는 아버지의 심정이 느껴졌는지 주변 사람들이 그에게 다시 한 잔을 가득 따라 권했다. 맥주잔을 받으면서 박 이사가 난데없는 소리를 했다.

"우리 딸이 지금 스물다섯이야. 뭐 그렇게 급했는지 벌써 시집을 가. 나쁜 녀석……. 그런데 우리 어머니는 쟤보다도 더 어린 나이에 혼자되셨어. 그리고 평생 나한테 묶여서 지내셨거든. 내가 인생에서 후회되는 게 딱 하나 있어. 왜 진작 어머니를 놓아드리지 못했을까……. 저렇게 고운 우리 어머니, 그 청춘을 내가 다 묶어버렸어. 내가……."

아들의 마음을 아셨을까. 두어 테이블 건너편에서 박 이사의 어머니가 박 이사를 지켜보고 계셨다. 여전히 고운 얼굴, 그러나 이제는 너무 많이 늙어버린 얼굴로.

:

인간은 근본이 연약한 존재입니다. 부모님도 마찬가지입니다. 아무리 강한 척을 해도 자주 자주 넘어지고, 무너지고, 주저앉곤 합니다. 바로 그때 필요한 것이 변함없는 사랑으로 안아주고 일으켜 세워주는 '짝꿍'입니다.

자식은 짝을 찾아 부모 품을 떠나면서, 부모는 언제까지나 자식의 품에 남아 있기를 바라는 마음. 당신에게도 그런 이기적인 욕심이 자리하고 있지는 않은가요?

"그 연세에 무슨⋯⋯." "남 부끄럽게 새 장가, 새 시집이라니요?"라며 부모님의 새 인생 길을 가로막지는 않았나요? 자식들 눈치에 차마 먼저 말하거나 나서지 못하는 부모님께 손을 내밀어 새로운 친구를 찾아드리는 것, 그것은 어떤 것보다 더 실질적이고 힘이 되는 효도일 것입니다.

서른다섯 ● 고3 엄마 - 소문난 맛집에 모시고 가기

아림이 엄마는 항상 바쁘다. 걸음걸이부터가 늘 바쁘다. 종 종걸음으로도 부족해 아예 뛰어다니다시피 한다.

그런 그녀가 요즘 더욱 바빠졌다. 아림이가 드디어 고3이 된 것이다.

새벽 5시면 일어나 아침 준비하고, 아림이를 학교 보내고, 남편 출근시키고, 밤 1시면 독서실에서 아림이를 데려오는 것이 아림이 엄마의 일과다. 하루 4시간 잠자기도 힘들다. 몇 년 전 운전면허를 따두었던 것도 다 고3 엄마가 되기 위한 준 비 과정이었다.

잠이 모자라 어쩔 줄 몰라 하는 아이를 5분이라도 더 재우 려면 총알택시, 곡예 운전도 불사해야 한다. 고3 엄마는 철인 이 돼야 한다. 불가능해 보이는 모든 것을 다 도맡아야 하기

때문이다.

별별 일이 다 있다. 한번은 아림이로부터 급한 메시지를 받고 학교로 달려가야 했다. 가보니 그다지 위급한 상황은 아니었다. 고3이 된 다음부터 증상이 나타나기 시작한 변비 때문이었다.

예민해질 대로 예민해진 아림이는 학교 화장실에서는 신경이 쓰여서 일도 못 보겠다며 집에 데려가달라는 것이었다. 할 수 없이 아림이를 집에까지 데려와서 일을 보게 하고 다시 학교로 데려다주어야 했다.

그래도 귀찮아하기는커녕 오죽했으면 저러랴 싶어서 안쓰럽기만 한 것이 아림이 엄마의 마음이다.

요즘에는 식탁 준비도 꽤나 신경이 쓰인다. 아림이에게는 체력이 관건인데, 이 한 해만은 금덩이라도 먹이고 싶은 것이 그녀의 마음이다. 월급쟁이 아빠는 지하철 타고 버스 타고 5천 원짜리 점심을 먹지만, 아림이의 상에는 갈비찜과 굴비구이가 오른다.

오늘도 장을 보며 한우 코너 앞에서 눈 질끈 감고 갈비를 사던 아림이 엄마, 그 순간 문득 오래전 기억이 떠올랐다.

그녀도 어렸을 때 갈비를 무척이나 좋아했다. 매일 먹을 수 있는 음식도 아니었지만, 그녀가 고3이었던 그 해만은 하루가 멀다 하고 갈비를 먹었다. 갈비는 식으면 기름이 끼어 못

먹는다며 어머니는 아예 점심시간에 맞춰 새로 지은 밥과 함께 따끈한 도시락을 학교까지 가져다주셨다.

점심뿐 아니라 저녁 도시락도 마찬가지였다. 그때는 저녁 보충수업에 자율학습까지 하느라 학교에 10시가 넘어서까지 있어야 했다. 저녁 때가 되면 어머니는 또다시 도시락을 들고 학교까지 달려오셨다. 어머니가 그녀에게 하셨던 것을 생각하면, 지금 하고 있는 딸아이 뒷바라지는 아무것도 아니었다.

그러고 보면 자식 사랑도 다 헛것 아닌가. 그렇게 혼신을 다해 걸어 먹였던 딸이 이제 제 새끼 챙기느라 늙어가는 어머니 밥상에는 뭐가 오르는지 신경도 쓰지 못하고 있으니.

아림이 엄마는 쇼핑을 마치고 바로 친정 어머니께 전화를 걸었다.

"엄마, 오늘 저녁에 외식 안 하실래요? 어제 텔레비전에 나왔는데 팥 칼국수를 하는 데가 있대. 엄마 팥으로 만든 음식 좋아하잖아. 우리나라에서 제일 맛있는 집이래. 시간 되냐구요? 그럼! 학원에 데리러가는 건 밤인데 뭐. 그동안 내 새끼만 챙겨서 죄송해요. 그래도 엄마는 내 맘 알지? 엄마는 나보다 더 극성스런 고3 엄마였으니까."

：

자식들의 마음 맞추는 건 토라진 애인 기분 맞추는 것만큼 힘이 듭니다. 하지만 부모님 마음에 기쁨을 드리는 것은 생각해보면 얼마나 쉬운 일인지요. 주고 또 주기만 해도 투정 부리는 자식들과 달리, 부모님은 어쩌다 한 번 받는 자식의 선심에도 마음으로 기뻐하십니다.

아이들 손에 이끌려다니는 외식만이 아니라, 가끔은 부모님의 손을 잡고 맛집 순례를 해보는 것도 즐거운 일입니다. 기왕이면 사람들 사이에 소문난 유명한 집을 순례하듯 찾아가보는 건 어떨까요? 그런 최고의 맛집을 찾아 나서는 것만으로도 부모님의 입가에는 행복의 웃음 꽃이 피어날 것입니다.

서른여섯 ● "아버지, 제게 기대세요."

─ 아버지 삶의 낙을 찾아드리기

추석이면 아버지와 함께
윷놀이를 한다.

우리들은 실력이 없는지
윷을 던지면 윷판을
벗어나 자주 낙된다.

에쿠!

은퇴하시고 친구도
일도 없는 울 아버지.

아버지는 대충 던지시는데도
윷이 절대로 윷판을 벗어나는
일이 없다.

아버지 세상에 낙이 없다.

아버지, 당신도 외로우시면 제게 기대세요. 광주생막. END.

아버지의 마음

- 김현승

바쁜 사람들도
굳센 사람들도
바람과 같던 사람들도
집에 돌아오면 아버지가 된다.

어린것들을 위하여
난로에 불을 피우고
그네에 작은 못을 박는 아버지가 된다.

저녁 바람에 문을 닫고
낙엽을 줍는 아버지가 된다.

바깥은 요란해도
아버지는 어린것들에게는 울타리가 된다.
양심을 지키라고 낮은 음성으로 가르친다.

아버지의 눈에는 눈물이 보이지 않으나,

아버지가 마시는 술에는 눈물이 절반이다.

아버지는 가장 외로운 사람들이다.
가장 화려한 사람들은
그 화려함으로 외로움을 배우게 된다.

아버지는 특별한 존재입니다. 한때는 태산보다 큰 존재였으나 다시 보면 작은 동산의 둔덕이기도 합니다. 분명 태풍에도 흔들리지 않는 거목 같았는데, 이제는 미세한 바람에도 흔들리는 연약한 갈대이기도 합니다. 신(神)인 줄 알았던 그도 알고보니 인간이었습니다.

생활의 무게에 묻혀 사느라 '낙'을 찾는 방법조차 익히지 못한 이 시대의 모든 아버지들에게 '낙'을 찾아드리는 것은 자식의 몫입니다. 세상 속에 아버지의 자리가 여전히 남아 있음을 알려드리는 것이, 바로 '낙'을 찾아드리는 지름길입니다. 그것이 무엇이든.

서른일곱 · 딸이 사랑하는 남자
— 결정하기 전에 여쭈어보기

애인과 친구는 밥상머리에서도 차이가 난다는 말이 있다. 친구 사이는 각자 자기 밥 먹고 자기 얘기하느라 바쁘고, 연인 사이는 서로 챙겨주고 먹여주고 바라보느라 정신이 없다는 것이다.

현미 씨도 지금 사랑하는 연인과 함께 식사를 하고 있다. 한 가지 차이가 있다면 두 사람 맞은편에 어머니가 앉아 두 사람을 지켜보며 식사를 같이 하고 있다는 점이다.

그런데 현미 씨와 애인이 식사하는 동안 어머니는 줄곧 한 말씀도 없으셨다. 식탁 앞에서 유쾌하게 이야기하는 걸 좋아하시는 어머니였는데.

딸이 사랑하는 남자라며 데리고 와 어머니 앞에 처음으로 선 보이는 자리였다. 바짝 긴장하고 자리에 앉은 현미 씨의 애인은 자신이 지금 현미 씨를 얼마나 아끼고 사랑하고 있는지를 장모 되실 분에게 한껏 알려드리고 싶었나 보다.

식사가 진행되는 동안, 그는 자기 국그릇에 들어 있는 조개들을 골라 현미 씨의 그릇에 놓아주기까지 했다. 현미 씨는 어머니의 눈치를 살피면서도 애인의 태도에 기분 좋게 웃고 있었다.

어머니는 말없이 그 모습을 지켜보고 계셨다. 지금껏 한 번도 부모의 기대에 어긋남이 없이 자라온 딸이었다. 예전에도 딸의 학교에 찾아가면 도대체 이 학생의 부모가 어떤 분인지 궁금했다며 칭찬하는 이야기도 많이 들었던 터였다. 공부하라는 말을 꺼내지 않아도 현미 씨는 스스로 알아서 공부하고 1등 성적표를 척하니 받아오는 자랑스러운 딸이었다.

대학에 갈 때도 부모의 뜻대로 사범대학에 들어가 교사의 길을 걸었다. 모든 중요한 순간과 고비마다 딸은 조금도 부모를 실망시키지 않았다. 부모의 마음을 읽어내고 내리는 딸의 결정은 곧 부모의 결정이기도 했다. 부모가 정한 뜻에 순하게 따르며 그에 맞춰주는 딸이 부모는 고맙고 대견했고 사랑스러웠다.

그런 딸이 처음으로 어머니의 가슴을 서늘하게 만들었다. 지금 만나는 남자가 있는데, 그를 사랑하고 있으며 결혼하고 싶다는 폭탄 선언을 하고 나선 것이다.

이태 전 아버지가 돌아가셨을 때도 어머니는 지금처럼 마음이 서늘하지는 않았다. 딸이 그렇게 마음을 결정하기까지 한마디라도 의논을 해주었더라면……. 어머니는 저녁식사 내내 그 생각만이 머리에 꽉 차 있을 뿐이었다.

현미 씨가 애인을 보낸 뒤 모녀는 마주앉았다. 어머니가 딸에게 물었다.

"그 남자는 왜 조개만 나오면 너한테 주는 거냐?"

딸은 대답했다.

"내가 조개를 좋아하잖아요. 그리고 그 사람은 원래 조개를 안 먹어요."

딸의 대답에 잠시 침묵하던 어머니는 단호히 말했다.

"그 남자가 널 진정으로 사랑하고 있는지 다시 한번 생각해보는 게 좋겠구나. 사랑은 그런 게 아니다. 자기가 먹기 싫은 것을 골라서 주는 것이 아니라, 자기가 먹고 싶은 것까지도 아낌없이 주는 게 사랑이란다. 왜 그 남자에 대해서 한마디라도 진작 말해주지 않았니……."

:

어느 부모님이든 자기 자식에 대해서만은 참으로 놀라운 직관을 가지고 계십니다. 인생을 먼저 산 이의 지혜에, 지극한 '자식 사랑'까지 덧붙여 자식들이 미처 감지하지 못하는 일을 감지하고, 당사자보다 훨씬 깊은 판단을 내려주십니다. 그래서 자식들이 어떤 일을 결정하기 전에 한번쯤 여쭈어보는 것은 부모님을 즐겁게 해드리는 일도 되지만 실질적인 도움도 됩니다.

혹, 너무 연로하셔서 판단력이 흐려지셨다면 결정 전후에 "이렇게 하려고 하는데 어떨까요?" 하고 넌지시 말씀드리는 과정을 가지는 것도 좋겠지요. 그러면 부모님께서는 항상 존재감을 느끼시고, 본인이 살아 있는 의미를 느끼시게 되실 것입니다.

서른여덟 **"시집 잘 온 것 같아요."**
— 실용적인 생활 방편 마련해드리기

말로 할 수 없는 것을 글로 표현할 때가 있다. 얼굴을 마주
하고 앉아서는 도저히 하기 힘든 말도, 마음을 가다듬고 앉아
차분히 종이 위에 써내려갈 수는 있다.

편지의 매력도 그곳에 있다. 아래 글은 어느 며느리가 시어
머니께 드리는 편지 글이다. 이 편지를 보면서도 글의 힘을
느끼게 된다. 이 편지를 읽고 있는 시어머니의 표정까지도 눈
앞에 그려진다.

어머니, 새삼 어머님께 감사하다는 인사를 드리고 싶어 이
렇게 편지를 씁니다. 부족함 많은 저를 사랑으로 키운 당신
자식의 짝으로 허락해주신 것 진심으로 감사드려요.

처음 결혼 이야기가 나왔을 때, 저를 마다하셨다는 소식을

듣고 마음이 무척 아팠습니다. 가정사가 좋지 못해 결혼을 반대하셨다는 게 많이 섭섭했었는데, 이제 제가 아이 낳고 키워 보니 그 심정을 조금이나마 알 것 같아요.

"사랑으로 살아라! 건강이 최고다! 돈은 있을 때도 있고 없을 때도 있단다. 몸만 건강하면 얼마든지 행복하게 살 수 있단다."

항상 하시는 어머님의 말씀 언제나 가슴에 담고 있답니다.

어머니, 오늘은 제 마음이 너무나 아팠습니다. 사람은 몸을 움직여야 한다며 건강이 허락할 때까지는 일을 하시겠다는 어머니의 말씀을 철없는 이 며느리는 곧이곧대로만 들었습니다. 그런데 빌딩 청소까지 다녀오셨다는 말씀을 듣고는 가슴이 무너지는 것 같았습니다.

그 말씀을 하시면서도 어머니는 웃고 계셨지요. 점심도 남이 싸온 것을 얻어 드셔서 점심값 5천 원도 버셨다고 웃으시며 말씀하시는 어머니를 보면서 죄스러워 몸 둘 바를 몰랐습니다.

며칠 전 파마한다고 8만 원을 아무렇지 않게 써버렸던 제 자신이 얼마나 부끄러웠던지요. 구멍 난 속옷을 기워 입으시면서도 자식들에게는 아낌없이 주시며 육십 평생 자식들 위해 사신 삶, 이젠 어머니를 위해서도 사세요.

힘든 일 그만하시라고 하니까 막내 도련님 취직할 때까지는 계속 일하시겠다고 처음으로 속내를 보이신 어머님. 자식이라는 짐이 그렇게 무거운 것이었나요? 어머님의 생각조차 헤아리지 못했던 저는 그저 숙연해질 뿐입니다.

비싼 것도 아니고 과일 몇 개 사들고 간 저에게 어머님은 이렇게 말씀하시죠?

"쓸데없는 데 돈 쓰지 말고, 나 늙으면 맛난 것 많이 사줘라! 지금은 그런 것 먹고 싶지도 않다."

어머니 말씀처럼 연세 많이 드신 후 맛있는 것 사드시라고 제가 작은 것 하나를 마련했습니다. 지금 당장 좋은 음식, 멋진 옷도 해드리고 싶지만 아직 넉넉지도 않은 살림에 어머니 걱정만 늘 것 같아 좀 생각을 달리 해봤습니다.

다달이 어머니 노후 연금 하나 붓기 시작했습니다. 이제야 시작한 것이 후회스럽지만, 지금이라도 생각해낸 것이 한편으로는 다행스럽기도 하네요.

저, 시집 잘 온 것 같아요. 많이 배우고 많이 자라고 있답니다. 어머니, 연금으로 맛있는 것 많이 드실 때까지 오래오래 건강하셔야 돼요.

:

나이 들어 가장 서러운 것은 뭐니 뭐니 해도 경제적 어려움
일 것입니다. 한때 경제 활동을 하던 분이 자립 능력을 잃고
누군가에게 기대게 될 때는 마음까지 함께 초라해지니까요.
수시로 드리는 용돈도 좋지만, 보다 근본적인 방안을 마련
해드리는 것도 중요합니다. 노후 연금이나 건강 보험 같은
것은 실질적이고도 효과적인 효도랍니다.

서른아홉 • 아버지는 왜 방에 들어가셨을까?
– 노부모와의 대화법 익히기

'ㅈ' 신문사 오 기자네는 다섯 남매다. 모두 출가했지만 우애가 좋아 식구들이 종종 모이곤 한다. 그날도 식구들이 모여 이것저것 밀린 이야기들을 나누다가 그만 중요한 것을 놓치고 말았다.

모처럼 형제들이 모이면 아이들 교육 이야기부터 시작해 각자의 직장 이야기에, 집장만과 재테크 이야기, 정치 이야기, 연예인 가십거리에 이르기까지 온갖 이야기꽃이 만발한다.

그런데 그렇게 한창 이야기꽃을 피우다보니 방금 전까지 계시던 아버지가 보이지 않았다. 어느새 조용히 혼자서 방에 들어가버리신 것이다.

"우리끼리만 너무 시끄러웠나?"

큰아들이 먼저 아버지 방문을 두드리고 들어가 아버지 눈

치를 살피며 맥주나 한잔 하시자고 청했다. 그런데도 아버지
는 마다하셨다. 이런 적이 없으셨는데, 분위기가 심상치 않았
다. 뭔가 마음이 상하신 게 분명하다 싶으니 형제들간의 떠들
썩한 분위기는 순식간에 가라앉고 말았다.

아버지 방에서 나온 큰아들이 걱정스럽게 입을 열었다.

"아까 바둑 두자고 하셨는데 안 둬서 화가 나셨나?"

작은아들도 거들고 나왔다.

"아까 집값 얘기를 나눌 때 자꾸 엉뚱한 말씀만 하셔서 모
르시면 가만 계시라고 했는데, 그때부터 조용하셨거든. 그것
때문에 화나셨을 거야."

그러자 큰딸도 한마디했다.

"아니야. 아버지 방에 새로 산 점퍼가 걸려 있길래, 애들이
나 입는 걸 사셨냐고 뭐라 그랬거든. 아무래도 그것 때문에
기분 상하신 것 같아요."

며느리도 안절부절못하며 말했다.

"아니에요. 저 때문인가 봐요. 애한테 사탕을 주시길래 제
가 깜짝 놀라서 말렸거든요. 요즘 치과에 다니고 있어서 그랬
는데, 너무 정색하고 말씀드렸나……."

작은딸도 거든다.

"실은…… 조금 전에 아버지가 하도 한 얘기를 또 하고 또
하셔서 그냥 부엌으로 가버렸거든요. 그래서 속상하셨나봐."

형제들의 근심 어린 자책이 이어졌지만 어떤 이유로 아버지가 토라지셨는지 정확한 답을 얻을 수 없었다. 그저 다섯 남매가 한꺼번에 아버지 방에 우르르 몰려가 사과와 애교를 섞어 기분을 풀어드리는 것으로 해결할 수밖에 없었다. 아버지는 아무 말씀 없이 웃음만 보이셨다. 다행이었다.

하지만 아버지가 그날 왜 방에 슬그머니 들어가셨는지 그 이유는 아직도 오 기자에게 미스터리로 남아 있다.

:

부모님과 대화를 나눌 때는 조금 더 섬세해져야 합니다. 무심코 던진 말이 부모님의 마음을 다치게 만들 수도 있으니까요. 행여라도 "그것도 몰라?" "모르면 가만 계세요."라는 말은 꺼내지도 마세요. 가뜩이나 외로운 마음에 서러움만 더해질 수 있으니까요.

맞장구치기, 지루해도 끝까지 들어드리기, 종종 짜증도 내고 때로는 부딪혀보기, 부모님 이야기에 귀기울여 가슴으로 들어보기, 이것이 부모님과의 대화법의 핵심이지요.

그리고 대화 중에 주로 쓰시는 단어가 있습니다. "돈, 돈"이 나오면 돈 때문에 고생을 많이 하신 것이고, "가슴이 아팠다" 하면 마음에 상처가 남아 있는 것입니다. 그 부분에 집중해서 듣다보면 마음에 무엇이 맺혀 있나 알 수 있습니다. 상처를 안기는 대화가 아닌 맺힌 것을 풀어드리는 대화법부터 익혀볼까요?

마흔 • 관광 참 좋네 — 하루라도
건강하실 때 모시고 여행 다니기

"그래, 제주도 좋디? 보니까 좋더냐구? 제주도 가니까 뭐가 제일 보기 좋더냐?"

장 병장 어머니의 카랑카랑한 목소리가 방안 가득 퍼진다. 친구분이 제주도 여행을 다녀왔다고 자랑삼아 전화를 한 모양이다. 이따금 집에도 놀러오시던 그 친구분은 시각장애인인데, 그런 앞 못 보는 친구한테 '뭐가 제일 보기 좋더냐.'고 물으시다니.

하지만 전화기 저편의 상대방도 어머니의 그 농담에 그리 불편해하지는 않았을 것이다. 왜냐하면 어머니도 그분처럼 앞을 못 보는 시각장애인이니까.

군에서 휴가를 나와 느지막이 저녁을 먹던 장 병장은 어머니의 통화 소리를 들으며 물만 자꾸 들이켠다. 남들처럼 여행 한번 제대로 못 시켜드린 일이 언제나 목구멍에 가시처럼 걸려 있다.

어머니는 집을 떠나 관광이나 여행이라는 것을 한 번도 해본 적이 없다. 바쁜 농사철을 보내고 나면 마을 분들이 버스를 빌려 단풍 구경이니 꽃 구경을 가곤 해도 어머니는 그때마저도 혼자 집을 지켰다. 이웃들이 아무리 손을 끌어도 항상 고개를 내저었다.

"가긴 어딜 가. 우리 아들 밥 해줘야 돼."

하지만 아들은 알고 있다. 계절이 바뀌어 바람만 달라져도 소녀처럼 볼이 발그레해지는 어머니의 얼굴을……. 그런 어머니인 만큼 어디인가 좋은 곳으로 여행을 가게 되면 그곳의 새 공기를 마시는 자체만으로도 한껏 즐거우리라는 것을…….

전화를 끊고 장 병장 옆에 다가와 앉은 어머니는 아들이 공연히 마음 쓸까봐 걱정이 되었나 보다. 괜히 목소리를 높여 전화로 통화했던 친구를 흉본다.

"주책맞은 여편네, 자기가 보지도 못할 거면서 제주도까지 갈 필요가 뭐 있어. 공기가 좋아도 여기가 더 좋고 물맛도 여기가 더 좋은데……. 돈이 아주 썩었나 보다."

"어머니도 이번 봄에는 관광 한번 다녀오세요."

장 병장이 넌지시 마음을 살피는 소리를 하자 어머니는 다시 손사래를 크게 치신다.

"관광? 싫다! 관광 같은 거 돈 주고 가라 그래도 나는 안 간다. 어디 가면 내가 구경하나? 남들한테 나를 구경시키는 거지. 난 싫다!"

며칠 뒤 장 병장은 다시 군에 복귀했다. 농사일과 어머니에 대한 걱정은 동생들에게 맡겨둔 채 무거운 발걸음으로 돌아서야 했다.

얼마 후 어머니에게 편지 한 장이 날아왔다. 전방부대에서 보낸 아들의 편지였다. 부대에서 장병들의 어머니를 초청하는 행사가 곧 벌어지는데, 어머니를 꼭 초대할 테니 마음의 준비를 하고 계시라는 편지였다.

편지를 받고도 차일피일 하고 있었더니 이번에는 전화가 걸려왔다. 언제나 씩씩한 아들은 변함없이 밝은 목소리였다. 그런데 이번에는 평소의 아들답지 않게 아예 떼를 쓴다. 이번의 어머니 초청 행사만큼은 꼭 오셔야 한다는 것이다. 이미 이웃 아주머니께도 연락해서 안내를 좀 해달라는 부탁도 해놓았다며 막무가내다. 아들의 성화에 어머니도 딱히 거절할 이유를 찾을 수가 없어 그러겠노라고 대답하고 말았다.

어렸을 때 시력을 잃은 후 고향 마을 밖으로는 한 발짝도 나가보지 않았던 어머니는 난생 처음으로 버스를 타고 긴 여행을 하게 됐다. 멀미가 나서 속이 뒤집힐 듯 울렁거렸지만

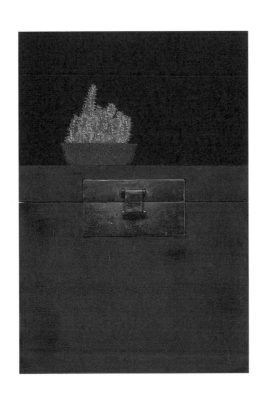

설레는 마음에 가슴도 울렁거렸다. 봄날이었지만 아직도 겨울처럼 싸늘한 전방부대에는 젊은 병사들의 함성이 우렁찼다. 그 안에 아들 목소리도 섞여 있을 것이다.

잠시 후 어머니 손등에 익숙한 손길이 닿았다. 전보다 한층 거칠고 단단해져 있었지만 불쑥 내민 아들의 손을 어머니는 단번에 알 수 있었다.

어머니는 장애인인 당신의 출현이 행여라도 아들에게 폐가 될까 싶어 구석자리에서도 한껏 웅크리고만 있는데, 아들은 갑자기 어머니의 손을 이끌고 어딘가로 발길을 옮긴다.

"얘, 어딜 가. 그냥 저쪽에 있지. 남들 보면……."

얼마쯤 가더니 아들은 발을 우뚝 멈추고 쩌렁쩌렁 울리는 목소리로 경례를 붙인다.

"대대장님, 저희 어머니십니다."

"먼 길 오시느라 수고하셨습니다. 아드님 훌륭하게 잘 키우셨습니다."

아들은 이어서 자신이 잠자는 곳이라며 막사 안으로 이끌고 가더니 부대원들을 일일이 어머니께 인사시켰다.

"어머님, 장 병장님으로부터 말씀 많이 들었습니다. 말씀대로 정말 미인이십니다."

왁자한 웃음소리 속에 어머니는 가슴이 뜨거워졌다.

여행을 마치고 집에 돌아온 어머니는 얼마전에 통화했던

친구에게 전화를 걸었다.

"애, 너 땅굴이라고 들어봤지? 그거 신기하더라. 바닥이 푹신한 게 고무바닥마냥 발소리도 안 나게 해놨더라구. 그 안에서 물도 마셨는데 물맛도 기가 막히게 좋더라. 정말 좋은 구경했다. 눈으로 구경은 못했지만, 좋은 구경 다 하고 왔다. 관광하니 좋더구나."

모처럼, 아니 평생 처음 여행을 하고 돌아온 장 병장 어머니의 목소리에 힘이 넘쳤다.

:

우리는 밖에서 만 원도 넘는 음식을 쉽게 사먹지만, 어머니는 만 원 한 장이 아까워서 그 돈을 모아 가족들 찬을 준비해주십니다. 우리는 휴가철을 떠올리며 여행 계획에 들뜨지만, 아버지는 휴가철에 찾아올지도 모를 자식들을 생각하며 정성껏 토종닭을 키우십니다.

늘 어긋나기만 하는 자식과 부모의 마음. 그 마음이 한 곳을 볼 수 있는 기회가 자주 있었으면 합니다.

온 가족이 여행을 떠났을 때, 같은 곳을 함께 보고 있다는 것만으로도 행복해집니다. 같은 풍경을 바라보고, 같은 바람을 느끼는 것만으로도 행복해집니다.

부모님만 보내드리는 효도 관광도 좋지만, 연로하신 부모님과 어린 자녀들까지 모두 함께하는 여행도 한번 떠나보시지요. 함께했다는 것만으로 기쁨은 두 배가 됩니다.

마흔하나 • 엄마의 첫 콘서트 나들이
– 함께 공연 보러 가기

어느새 연말, 또 한 해가 저물고 있다. 연말이 되면 정효 씨는 더욱 바빠지기 시작한다. 콘서트 스케줄 잡느라 바쁜 것이다. 크리스마스 이브와 한 해의 마지막 밤은 당연히 '올나이트 콘서트'에서 보내야 직성이 풀리는 정효 씨다. 그러다 보니 연말이 되면 기다렸다는 듯이 쏟아져 나오는 콘서트 중에 어떤 것을 골라야 할지 마음이 조급하고 바빠진다.

올 연말에 열리는 콘서트만도 50개가 넘으니 말이다. 작년에도 그렇더니, 올해도 하필 보고 싶은 가수들의 콘서트가 같은 날 겹쳐 있어 어느 것을 잡아야 할지 머리가 다 아플 지경이다. 퇴근 후 집에 돌아와서도 친구랑 그 문제로 전화를 하며 한참을 떠들어대던 참이었다.

"여태 통화 중이야? 차라리 만나라, 만나!"

빨래한 옷가지들을 옷장에 넣어주러 들어오셨던 엄마가 한 말씀 하신다. 그러다 정효 씨 옆에 놓여 있는 신문기사며 메모장을 슬며시 들여다보고는 눈이 휘둥그레진다. 연말 콘서트 스케줄이 빼곡하게 적힌 스케줄 표였다.

"오늘 밤새도록 더 고민해서 정하자. 내일은 꼭 예매해야 되니까. 잘 자."

이렇게 전화를 끊은 정효 씨한테 엄마가 다시 말을 건넨다.

"무슨 콘서트가 이렇게 많아. 나는 이름도 모르겠다. 넬, 노을…… 이게 뭐야? 얘들이 가수야?"

그렇게 심드렁하게 말하던 엄마의 목소리가 갑자기 높아졌다.

"어머, 심수봉도 있다! 심수봉 같은 사람도 콘서트하네. 직접 앞에서 들으면 얼마나 멋있을까……."

그러더니 엄마는 또 덧붙인다.

"그런데 콘서트가 그렇게 재미있니?"

"그럼, 얼마나 신나는데! 음향도 꽝꽝 울리고, 바로 내 앞에서 가수가 직접 노래하잖아. 월드컵 때 응원하면서 느꼈던 쾌감 기억나, 엄마? 그런 기분이랄까……."

이렇게 대답하다가 정효 씨의 머릿속이 한순간에 번쩍 환해지는 것을 느꼈다. 엄마는 평소에도 심수봉 노래를 꿰고 있을 정도로 좋아하신다. 그런 엄마에게 새로운 경험 하나 안겨드리면 어떨까?

그러고 보니, 콘서트뿐 아니라 영화, 연극, 뮤지컬, 전시회 할 것 없이 문화 행사를 즐기는 정효 씨가 정작 엄마랑은 영화 한 편 함께 보러 간 적이 없었지 뭔가.

"엄마, 콘서트 가본 적 없지?"

"그런 데 갈 일이 어딨어. 그래도 가수가 직접 노래하는 거 본 적은 있다. 어떤 팔순 잔치 때 장미화가 와서 노래하는데, 참 잘 하더라."

"장미화가 누구야? 가수야?"

"있어. 그런 가수. 옛날 이효리였는데, 그 사람도 이젠 늙었더라."

다음날, 정효 씨는 큰 맘 먹고 티켓을 예매했다. 자우림과 이승환에 심수봉까지. 부담이 컸지만, 과감하게 감행했다.

심수봉은 엄마를 위한 선물이었다. 엄마에게도 즐거운 이벤트를 하나 마련해드리고 싶었다. 집안일과 텔레비전 드라마와 마트에 장보러 가는 일이 전부인 엄마에게 또 다른 세상을 알려드리고 싶었다.

새해를 며칠 남기지 않은 연말의 어느 저녁, 모녀는 콘서트장으로 발길을 옮겼다. 원래 부부 동반 외출을 선물하려고 했지만, 아버지는 회사일 때문에 시간이 안 됐고, 대신 정효 씨가 엄마의 파트너가 되었다.

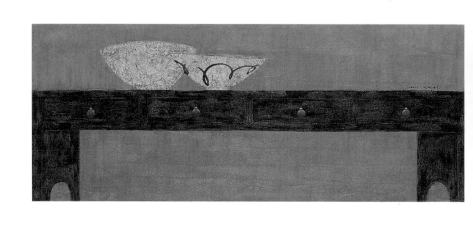

엄마는 콘서트장에는 무슨 옷을 입고 가야 되느냐며 한참을 거울 앞에 서 계셨다. 아줌마가 주책이라면 어떡하느냐며 걱정하면서도 얼굴은 그게 아니었다. 아침부터 웃음이 떠나지 않은 엄마 얼굴이 오늘은 한껏 예뻐 보였다.

콘서트장에 도착하자 벌써 사람들이 북적거렸다. 젊은 사람보다 엄마 나이쯤 돼 보이는 중년의 아줌마들이 더 많아 보였다. 자리를 찾아 앉고 객석에 불이 꺼졌을 때, 긴장이 되셨는지 엄마가 침을 꼴깍 삼키는 소리가 귓가에 들렸다. 정효 씨는 엄마 손을 꼭 잡았다. 엄마는 마음을 진정시키려는 듯 당신 손등 위에 놓인 정효 씨의 손을 찰싹찰싹 두드렸다. 왜 이제야 이런 생각을 하게 된 것일까…….

이윽고 음악이 울리며 무대에 조명이 환하게 밝혀졌다. 우리의 주인공 심수봉이 등장하고 환호가 터지고, 귀에 익은 노래들이 울려 퍼졌다. 엄마는 어느새 소녀 같은 얼굴로 노래를 따라하고 계셨다. 앙코르까지 부르짖고, 신청곡까지 외치는 엄마 모습을 보면서 정효 씨는 처음으로 엄마 안에 숨어 있던 열정을 보게 되었다.

엄마는 지금 어떤 마음이실까? 학창시절로 돌아간 기분일까? 내가 평소 콘서트장에서 느끼던 카타르시스를 엄마도 지금 느끼고 계실까?

공연이 모두 끝나고 콘서트장을 나올 때까지도 엄마는 한껏 행복한 표정이었다. 그러던 엄마가 갑자기 쉿소리를 냈다. 매표소에 붙어 있던 가격표를 보신 것이다.

"뭐? 7만 7천 원? 한 사람에 7만 7천 원이야? 진짜야?"

정효 씨는 '아차!' 싶었다. 문화 혜택을 누리지 못한 엄마는 영화 한 편 값이 얼마인 줄도 모르시니 콘서트 티켓 값도 아실 리가 없었다. 아마 1, 2만 원쯤 하는 것으로 아셨을 것이다. 그것이 속 편했는데……. 정효 씨는 그저 둘러댈 수밖에 없었다.

"요즘 저 돈 다 내고 보면 바보야. 예매하면 훨씬 싸고, 나는 할인 혜택 받는 것도 있어서 반값이야. 걱정 마."

그러자 뜻밖에도 엄마는 평소와 달리 호탕하게 웃으셨다.

"그래도 돈 안 아깝다. 속이 다 후련하게 노래하고 웃고 왔으면 됐지. 다음에 또 오자. 그때는 엄마가 살게."

부모님과 공연장을 찾는 일, 흔치 않은 일일 겁니다. 그렇게 흔하게 보는 영화도 부모님과 같이 보는 경우는 별로 없으니까요.

얼마 전 딸과 함께 영화 〈그때 그 사람들〉을 봤습니다. 다 아시다시피 10·26이라는 역사적 사실에 바탕을 둔 영화였습니다. 영화의 완성도를 떠나서 저는 크게 얻은 게 있었습니다. 그 시절을 알 리가 없던 딸아이가 이제야 아빠의 젊은 시대 상황을 이해하게 됐다는 말을 했으니까요.

격동의 그 시절은 제 인생의 방향이 크게 달라지던 시기이기도 했습니다. 그 영화를 계기로, 딸과 처음으로 그때의 이야기를 나누게 되었던 것입니다.

영화 한 편, 콘서트 한 번은 아주 작은 경험이지만, 오래도록 잊을 수 없는 특별한 경험이기도 합니다. 꼭 한번 체험해보시기를 권합니다.

마흔둘 • 오천편 아줌마
– 건강 프로그램 만들어드리기

진규 씨가 최근 운동을 시작했다. 시간이 나는 대로 한강에
나와 강변을 달린다. 그가 운동을 시작한 것은 어머니 때문이
다. 이야기는 멀리 초등학교 시절로 거슬러 올라간다.

초등학교 6학년 때의 가을 운동회날, 운동장 위에 만국기
가 펄럭이고 모든 아이들이 즐거움에 깡충깡충 뛰어오르던
그 날이 진규 씨에게만은 아직도 악몽으로 남아 있다.

운동회의 열기가 한창 무르익을 즈음, 여느 운동회에서와
마찬가지로 '쪽지 뽑기' 순서가 진행되었다. 쌓여 있는 쪽지
더미에서 하나를 뽑아 쪽지에 적힌 지시사항을 그대로 따라
잽싸게 움직여 목표를 이루어야 하는 순서였다. 달리기라면
자신이 있었던 그는 내심 1등을 기대하며 쪽지 뽑기에 출전
했다.

'탕' 하는 총소리와 함께 달려나가 제일 먼저 쪽지를 펴든 그는 그만 얼굴이 굳어져버리고 말았다.

'엄마 업고 달리기'

쪽지에 쓰어 있는 내용 때문이었다.

아주 잠깐 그는 그 쪽지를 슬쩍 내려놓고 다른 쪽지를 다시 집어볼까도 생각했다. 그러나 테이블 앞에 앉아 계신 여선생님 얼굴을 보며 그런 생각을 얼른 접어버렸다. 그리고 '에라 모르겠다!' 하는 마음으로 일단 어머니 쪽으로 달려 나갔다. 아무것도 모르는 어머니는 아들이 달려오자 뭐 물건이라도 가져오라는 쪽지였나 싶어 목청껏 그에게 소리쳤다.

"뭐야? 뭐가 필요해? 빨리 말해. 찾아줄게!"

어린 진규 씨는 당장이라도 눈물을 떨어뜨릴 것 같은 표정으로 어머니에게 소리쳤다.

"몰라! 엄마 업고 오래!"

그가 외치는 소리에 주위는 웃음바다가 되고 말았다. 그도 그럴 것이 어머니의 별명은 '오천평'. 동네에서는 아예 '오천평 아줌마'로 통할 정도로 몸매가 너무 넉넉했기 때문이다.

아들과 어머니가 출발선에 가서 섰다. 아들이 어머니를 업으려고 낑낑대는 모습에 사람들이 박장대소했다. 그래도 그는 기어코 어머니를 업고 일어났다. 그러나 몇 걸음도 못 가서 다시 넘어지고 말았다. 게다가 그 위에 어머니의 육중한

몸매가 샌드위치처럼 포개지는 모습에 운동장은 폭소의 도가니가 되었다. 모자가 넘어지고 엎어지며 뒤뚱거렸던 그 모습은 그 날 운동회의 하이라이트였을 뿐만 아니라, 두고두고 회자되는 그 학교의 전설이 되었던 것이다.

진규 씨는 이제 운동회 따위는 걱정하지 않아도 될 나이가 되었다. 그런 그에게 잊고 싶었던, 이젠 이미 잊고 있었던 운동회의 기억을 어머니가 되살려주시지 뭔가.

진규 씨가 출근 인사를 하려고 어머니 방문을 열었을 때였다. 어머니는 옷장 문을 잔뜩 열어놓고, 거기다 서랍도 모두 빼놓은 채 옷가지들을 꺼내놓고 계셨다. 한눈에 봐도 요즘 옷은 아니었다.

어머니는 고운 수가 놓여진 흰 블라우스 하나를 들어서 당신 앞에 대보였다. 하얀 천은 이미 누렇게 변해 있었다. 옛날에 입었던 옷이었던지 너무도 자그마한 사이즈의 옷인데도 어머니의 넉넉한 가슴 앞에 있으니 더 작아 보였다.

"얘, 이거 내가 처녀 때 입던 옷이다. 이게 남아 있었네! 이 몸매였으면 옛날에 너 운동회 때 엄마 업고 훨훨 날았을 텐데. 그치?"

그 전에도 어머니는 이따금 "처녀 때는 바람 불면 날아갈 것 같던 몸매였다. 너 낳고 산후조리 잘못해서 살쪘다."는 이야기를 하시긴 했지만, 이렇게 직접 어머니의 옛날 옷을 본 것은 처음이었다. 어머니는 한마디 더 덧붙이셨다.

"나, 오늘부터 운동한다. 이 옷 보니 정신이 번쩍 난다. 나왕년에 이런 사람이었다는 것 좀 보여줘야지 안 되겠다."

어머니의 결의는 여느 때와 달라 보였다. 아마도 얼마 전종합검진 결과 때문에 자극을 받으셨던 모양이다. 동맥경화가 위험 수치에 이르고 있다는 진단과 함께, 지금 당장 가벼운 운동이라도 시작하라는 권유를 받으셨던 것이다.

진규 씨가 헬스클럽을 끊어드리고 운동복을 사드려도 꼼짝도 하지 않던 어머니가 이제 비로소 위기감을 느끼셨던 모양이다.

퇴근길, 아파트 주차장에 차를 대던 진규 씨는 낯익은 부피의 그림자가 운동복 차림으로 어둠 속을 뒤뚱뒤뚱 걸어가는 모습을 보았다.

"어머니!"

그가 부르자 잠시 걸음을 멈췄던 어머니는 다시 걸음을 옮겼다.

"애, 헷갈리니까 말 시키지 마. 여기까지가 120보. 121, 122……."

진규 씨는 열심히 걸음을 세며 걷고 있는 어머니에게 다가가 허리를 꽉 끌어안았다. 어머니의 몸은 너무 넉넉해서 한팔에 안기도 힘들었지만, 그래도 그에게는 세상에서 제일 아름다운 여인, 가장 사랑스러운 존재일 뿐이었다.

"어머니, 살살해요, 살살. 살 빼려면 나 운동회 나가기 전에 뺐어야지."

어머니가 그렇게 운동을 시작한 후, 진규 씨도 운동을 하기로 작정했다. 자신의 건강을 위한 것이기도 했지만, 어머니의 좋은 파트너, 훌륭한 트레이너가 되기 위한 뜻도 있었다.

그래서 진규 씨는 오늘도 열심히 강변을 달리고 있다.

：

세상일이 말처럼 쉽지 않은 법입니다. 운동은 특히 그렇습니다. 웬만한 결의를 갖지 않고는 해내기 힘든 습관이 운동입니다.

나이가 들수록 신진대사율이 떨어지기 때문에 일부러라도 몸을 좀 움직여야 하지만, 여기저기 아픈 데도 많고 용기도 나지 않아 운동을 시작하기도 쉽지 않습니다.

말하기는 쉽지요. "아빠도 운동 좀 하세요." "엄마, 등산하면 되잖아?" 하고 말만 던지기보다는 함께 운동하는 쪽이 부모님이나 자신을 위해서도 훨씬 좋습니다. 혼자보다는 함께하는 사람이 있을 때 의욕도 생기는 법이니까요. 무리하지 않는 범위에서 프로그램을 짜드리는 것도 좋겠죠.

1단계, 시간 내서 같이 산책하기.

2단계, 아침 저녁으로 아파트 단지 돌기.

3단계, 30분 이상 규칙적으로 운동하는 습관 만들어드리기.

기왕이면 동네 뒷산처럼 사람들을 사귀고 만날 수 있는 곳으로 정해서.

마흔셋 • 얄미운 행복 – 곁에 있어드리기

백한 살. 한 세기를 고스란히 살아온 나이다. 광주에 사는 박옥랑 할머니의 나이는 백한 살이다. 백한 살이라는 숫자만 접할 때는 분명 굽은 허리에 운신도 여의치 않은 노인으로 연상하기 쉽다.

그러나 박할머니는 다르다. 아직도 손에 물 마를 날 없이 손수 집안 살림을 하며 건강하게 살고 계신다. 주변의 수발을 받으며 지내도 모자랄 나이인데도, 박할머니에게는 오히려 하루도 보살핌을 늦출 수 없는 부양 가족까지 있다.

"불쌍한 딸을 위해서도 오래 살아야지, 내가 세상을 뜨면 혼자서 어떻게 살겠어."

백수를 맞은 노모의 손길이 아니면 하루도 살 수 없는 '불쌍한 딸'. 그 딸은 '어린' 딸이 아니다. 네 살 때 바닥에 떨어지며 머리와 목을 크게 다쳐 전신마비 상태로 한평생을 보내고 있는 처지로, 올해 예순여덟의 나이다. 이미 환갑을 넘겨 칠순을 바라보는 노인인 것이다.

당시 중학교에서 교편을 잡고 있던 박할머니가 출근한 사이에 가정부가 업고 있다가 떨어뜨리는 바람에 변을 당한 것이다. 모든 엄마 마음이 그렇듯 박할머니는 자신이 딸의 곁을 지키지 못한 것이 마치 딸의 불행의 원인이라도 되는 듯 늘 무거운 멍에를 지고 살아왔다.

어느 날 남편까지 집을 나가버려 박할머니에게 남은 식구라고는 방에 누워 천장만 보며 살아가는 딸 하나가 전부다.

박할머니는 움직이지도 못하는 딸에게 글공부를 시켰다. 종이에 글을 써 보이며 한글은 물론 한자까지 가르쳤다. 문학 작품도 읽어줬다. 움직이지 못할 뿐 영리했던 딸은 금세 글을 깨쳤고, 직접 시도 지었다.

얄미운 행복

어느 곳에 숨었는지

저 산 너머 숨었을까

저 바다 건너 숨었을까

저마다 너를 찾아 헤매어도

얄미운 행복은 이리저리 피해 다니고

......

이렇게 시작되는 〈얄미운 행복〉이라는 시는 예순여덟 살의 딸, 조의순 씨가 어렵게 한마디씩 뱉어낸 것을 박할머니가 받아 적은 것이다.

딸의 손발 노릇을 하느라 아플 여유도 없고, 늙을 틈도 없었던 때문일까? 박할머니는 나이에 비해 놀라울 정도로 정정하고 건강하다. 딸을 돌봐야 하고, 딸을 지켜야 한다는 생각이 할머니를 이제껏 지탱해온 것이다.

딸은 어머니를 위해 밥 한 끼 차릴 수도, 어깨 한 번 주물러드릴 수도 없었다. 아마 앞으로도 어머니를 위해 몸을 움직여 해드릴 수 있는 일은 없을 것이다.

그러나 박할머니에게는 딸이 곁에 있다는 것만으로도 충분하다. 그것 하나만으로도 거친 세월의 폭풍을 거슬러갈 수 있는 초인적인 힘이 샘솟는 것이다.

깊은 주름 사이로 희미한 웃음을 보이며 박할머니는 말한다.

"딸은 나한테 몸을 기대고 살지만, 나는 내 정신을 딸에게 기대고 사는 셈이죠."

누워 있는 딸은 붉어진 눈으로 화답한다.

"세상에서 가장 훌륭한 분이 내 어머니예요. 오늘까지 산 하루하루가 모두 어머니의 덕입니다."

눈앞의 삶이 고달파 죽음을 그릴 때가 있습니다. 차라리 모든 끈을 놓아버리고 싶을 때도 있습니다. 부모의 자리도 다르지 않아서 몇 번이고 마음이 이곳과 저곳을 오갈 때가 있습니다.

그러나 부모는 자식을 생각하며 떨치고 일어납니다.

아무것도 할 수 없다고 생각하지만, 우리가 할 수 있는 일은 뜻밖에도 많이 있습니다. 때로는 그저 곁에 있는 것 하나만으로도 큰 힘이 될 수도 있으니까요.

마흔넷 • 이태백의 어버이날 - 부모님 댁에 들를 때마다 구석구석 살펴드리기

재섭 씨는 손재주가 뛰어나다. 어려서부터 장난감이란 장난감은 모두 분해해서 다시 조립하더니 나이가 들면서는 집안의 모든 고장난 곳은 그가 책임지게 되었다. 외아들로 곱게 자라 못 하나 제대로 박지 못하시는 그의 아버지와는 정반대의 재능을 타고난 셈이다.

달력 하나를 걸 때도, 전구를 갈 때도, 텔레비전이 잘 안 나올 때도, 아버지를 비롯한 가족들은 그저 그의 이름만 부른다. 마치 "뽀빠이!" 하고 올리브가 부르듯. 심지어 개수대가 막혀 물이 안 내려갈 때도, 문고리가 헐렁해졌을 때도, 자동차 시동이 잘 걸리지 않을 때도 영락없이 그를 부른다.

대학에 입학하여 집을 떠난 뒤에도 재섭 씨의 일은 별로 달라지지 않았다. 아니, 오히려 더 바빠졌다. 모처럼 집에 내려가면 여기저기 그의 손길을 기다리는 일들이 많았기 때문이다. 어머니나 아버지가 먼저 도움을 청하는 경우도 있었지만, 착하고 부지런한 그가 스스로 나서 이곳저곳을 다니며 고치고 손보느라 오히려 쉬지도 못하고 돌아오기 일쑤였다.

재섭 씨가 대학을 졸업한 지도 어언 4년, 요즘 재섭 씨의 고향집은 보일러도, 지붕도, 오래된 전축도, 장롱문도, 대문까지도 모두 허술하고 삐걱거린다. 오랫동안 그의 손을 타지 못했던 것이다.

대학을 졸업했는데도 아직 직장을 얻지 못해 고향집을 돌볼 여유가 없었던 것이다. '이태백'이라고 불리는 청년 실업 문제가 뉴스에서 거론될 때도 '설마' 하고 보아 넘겼는데, 그것이 바로 자신의 일이 된 것이다.

그는 요즘 서울 홍대 부근 유료 주차장에서 아르바이트를 하고 있다. 그리고 그는 깊은 고민에 빠져 있다. 고향 부모님께도 차마 털어놓지 못하는 마음속 고민이다.

5월이 되면서 재섭 씨의 고민은 더 깊어졌다. 어버이날이 얼마 남지 않았을 때였다. 올해는 고향집 부모님을 찾아뵐까? 아니다, 무슨 면목으로 찾아뵌단 말인가……. 하다못해 어버이날 인사차 전화 연락이라도 드려야 할지 말지 고민이 다시 시작된 것이다.

그는 지난해에도, 또 지난해에도 어버이날에 집에 가지 않았다. 번번이 면접이나 입사 시험, 학원 수업 등을 핑계로 들었지만, 진짜 이유는 그것이 아니다. 차마 부모님을 뵐 낯이 서지 않았던 것이다.

'내년에는 반드시 당당한 직장인이 되어 카네이션을 달아드려야지.'

마음속에 다짐하고 다짐하던 것이 네 해째를 맞고 말았다. 당신의 빈약한 월급봉투까지 털어 과외를 시키고 학원비를 대주셨던 아버지를 이렇게 실망시켜드리게 될 줄은 그도 미처 몰랐다.

빵집에 나가 시간제 아르바이트를 하며 생활을 꾸리면서도 용돈을 부쳐주시던 어머니에게 언제쯤 얼굴을 들 수 있을지 가슴이 탄다. 간간이 아르바이트를 하고 있지만, 아직도 부모님께 매달 생활비를 타고 있는 자신의 신세가 처량하고 절망스럽다.

지난 설날, 풀 죽어 있는 재섭 씨의 모습을 보고 오히려 아무렇지도 않게 대하시던 부모님의 행동이 오히려 그를 더 가슴 아프게 했다.

그런 그에게 어버이날을 며칠 앞두고 아버지의 전화가 걸려왔다.

"재섭아, 바쁘지? 그런데 이걸 어쩌냐. 보일러가 말썽이다. 니 엄마 신경통 때문에 그냥 보고만 있을 수도 없는데…….

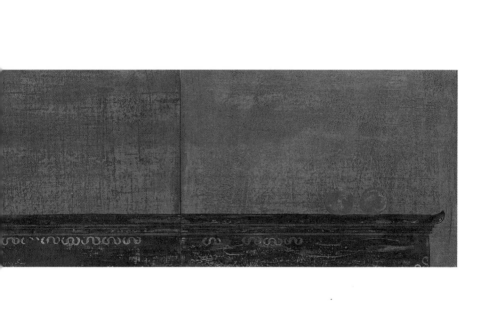

잠깐 시간 내서 좀 고쳐주고 갈래? 이 집에 너 기다리는 것들 천지다. 알지?"

전화를 끊고 재섭 씨는 울컥 자리에 주저앉고 말았다. 어버 이날 자식을 보고 싶어하는 아버지의 마음이 그대로 읽혀져 그의 가슴을 뜨겁게 했기 때문이었다.

그는 혼자말로 대답해드렸다.

"네, 올해는 찾아뵐게요. 가서 집안 구석구석 고장난 곳은 다 고쳐드릴게요."

전구 갈기, 고장난 물건 고쳐드리기, 삐걱대는 것 못질해드리기, 달력은 제대로 걸렸나, 보일러는 괜찮나 점검해드리기.

아주 간단하고 쉬운 일이기 때문에 그냥 지나치기 쉬운 일입니다. 나이 드신 부모님 손으로는 제대로 정돈하기 힘든 것들, 가끔 한 번씩 들렀을 때 말끔히 해결해드리면 얼마나 좋습니까.

'조문효도(蚤蚊孝道)'라는 말이 있습니다. 아버지나 할아버지 방에 벌거벗고 누워 빈대, 벼룩, 모기를 유인함으로써 물 것으로부터 아버지와 할아버지를 보호해 효도를 한다는 뜻입니다.

그런 방식의 효도도 있는데, 이 집안 구석구석을 살펴드리는 일쯤이야 못할 것 있습니까.

집안을 살피며 부모님의 체취를 느끼는 동안, 지쳤던 마음, 절망했던 마음까지 위로받게 될 것입니다. 부모님은 영원히 마르지 않을 에너지의 원천이니까요.

마흔다섯 ● 꽃잎 날리는 향기로운 자리 — 부모님 몰래 윤달에 수의 마련하기, 묘자리 준비하기

햇빛이 따사로운 봄날, 화영 씨는 어머니를 다시 모시고 산에 올라 꽃그늘 아래 앉았다. 보온병에 담아온 향긋한 커피두 잔을 따른다. 한 잔은 어머니께 드리고, 한 잔은 그녀가 감싸쥔다. 꽃잎이 찻잔 속에 떨어진다. 그녀는 어머니를 향해싱긋 웃어 보인다.

모녀가 앉은 곳은 참으로 특별한 자리다. 어머니가 언제인가 세상 소풍을 마치고 나면 영원한 휴식을 취할 '묘자리'인것이다.

처음 이곳에 왔을 때도 봄날이었다. 어머니는 "나중에도 나찾아와서 술잔에 벚꽃 띄워 마시면 좋겠구나." 하며 웃음 지으셨는데, 커피잔에 벚꽃이라…….

병풍처럼 벚꽃이 주변을 감싸고 있고, 마을과 들판이 한눈에 내려다보이는 이곳이 화영 씨도 첫눈에 마음에 들었다. 지인과 함께 들렀다가 바로 이 자리가 한눈에 쏙 들어왔었다.

아주 오래전, 아직은 너무나 젊었던 그때, 도대체 무슨 마음으로 그랬는지 잘 모르겠다.

그리고 얼마 후 어머니와 이모께 이 자리를 처음 선보였었다. 그런데 이모는 산 아래까지는 잘 오셔놓고도 끝내 올라가지 않겠다고 했다. 당신의 묘자리를 미리 보는 것이 왠지 두렵고 싫다는 것이었다. 이모는 결국 모두들 다녀올 때까지 차안을 지키고 계셨다.

어머니는 달랐다. 그때만 해도 튼튼했던 두 다리로 성큼성큼 오르셨고, 화영 씨처럼 이 자리를 마음에 들어 하셨다. 아파트에 살면서도 앞이 가려진 것을 못 견뎌하시는 어머니는 늘 길가에 접한 건물에 살기를 원하셨다.

그런지라 앞이 훤하게 트인 전망을 무엇보다 좋아하셨고, 푸근한 풍경마저 마음에 든다 하셨다. 내 집처럼 편안하다는 말도 덧붙이셨다.

"어머니, 지금도 편안하세요?"

향긋한 커피를 마시며 화영 씨가 묻자 어머니를 대신하여 대답이라도 하듯 어디선가 산새가 가늘게 화답한다. 화영 씨는 어머니가 누워 계신 봉분의 한 귀퉁이에 등을 기대본다. 따뜻하다.

호기롭게 널찍한 자리를 준비해두었던 그녀는 언젠가, 그리 멀지 않은 어느 날 자신도 이 곁에서 저 풍경을 바라보고 눕게 되리라는 것을 안다.

그 생각만으로도 평화롭다. 어머니 무릎을 베고 누웠던 어린 시절을, 이 세상을 떠난 이후에도 영원히 묶어둘 수 있을 것만 같아서.

바람이 분다.

한낮의 햇빛을 받은 잎새들이 물결처럼 반짝인다.

하얀 꽃잎들이 눈송이처럼 부서져 내린다.

죽음은 그렇게 공포스러운 것이 아닙니다. 육체적 삶의 끝과 맞닿아 새롭게 이어지는 영혼의 삶의 시작입니다.

어느 정도의 나이가 되면 누구든 이 죽음의 시간을 마주 보게 됩니다. 조금씩 준비하며 친숙해진다면, 갑작스레 다가올 어느 날의 충격도 덜어질 것입니다.

윤달에 수의를 마련하거나 묘자리를 미리 준비하는 것도 자식들이 부모님께 해드릴 수 있는 좋은 선물입니다. 이를 쉽게 받아들일 수 있는 부모님이라면 미리 알려드리고, 그렇지 못한 부모님이라면 몰래 준비해놓는 것도 한 방법입니다. 중요한 것은 결심하는 것이고, 그 다음은 실행하는 것입니다.

부모님이 살아 계신다면
꼭 해드리고 싶은 일

다랑논과 돼기밭

이청준(소설가)

　나는 어릴 적 일곱 살 때 돌아가신 아버지에 대한 기억이
거의 없다. 나를 귀여워해주시거나 집안일을 돌보시거나 끼
니 상을 마주하고 계실 때, 그리고 마지막 돌아가실 때의 몇
순간 기억밖에 분명한 모습이 잘 떠오르지 않는다. 잔상처럼
남아 있는 그 흐릿한 몇 장면도 대개 당시의 주변 정황이 앞
설 뿐 정작 당신의 모습은 짧게 깎은 머리나 턱수염, 혹은 긴
장죽을 빨고 계신 입술 따위 일부분에 한정된 채 얼굴이고 목
소리고 썩 온전한 형상이나 움직임 같은 것이 없다. 사진기나
녹음기는 구경조차 하기 어려운 시절 일이라 그나마 간신히
기억 속에 남아 있는 모습들도 얼굴이 지워진 데다 무성 영화
속 인물처럼 목소리를 들을 수가 없다.

부모님 살아 계실 때

하지만 나는 당신이 돌아가신 이후 어린 소년기를 보내며 그 아버지를 마음속에 생생하게, 갈수록 더 가깝게 만나고 느낄 수 있었다. 시골 마을 주변의 우리집 소유 논밭들에서였다.

우리 집안은 원래 선대에서 고향 고을을 등지고 나가 살다, 일찍이 혼자되신 할머니 때에 이르러 어린 아버지를 앞세우고 돌아와 새 살림을 일구기 시작한 처지였다. 그러니 지닌 것이 많지 못한 데다 일찍부터 가계를 도맡아야 했던 아버지는 동네 주변에 논밭 매물이 나올 때마다 힘 닿는 대로 여기저기 새 전답을 사 모았다. 뿐더러 토질이 척박해 버려졌거나 개간이 가능한 낮은 산자락 땅을 보면 그걸 사들이거나 주인의 허락을 얻어 새 다랑논이나 뙈기밭으로 일궈 늘려갔다. 중성골이니 마장재니 광대거리니, 동네를 들고나는 고갯길 주변이나 원근 산골짜기들엔 고만고만한 다랑논과 뙈기밭들이 아홉 곳이나 되었다.

그러니 그 논밭이 귀하던 시절, 나는 동네 주변 어디를 가나 곳곳에 자리해 있는 우리 논밭을 만날 수 있는 것이 매양 흐뭇했고, 계절 따라 피어나고 여물어가는 곡작물 모습에 마음이 한껏 풍요로웠으며, 그 산하 곳곳이 다 내 세상이듯 친숙하고 정겹던 유년의 한 시절을 보낸 셈이었다. 그러면서 더러는 막연히나마 그 논밭을 땀흘려 가꾸고 수확했을 아버지의 모습과 신바람을 떠올리기도 했었던가.

하지만 나는 처음 그 논밭들이 왜 그렇게 한 곳에 모여 있지 않고 사방에 흩어져 있어야 했는지, 그것이 어떻게 마련되었는지 사연을 알지 못했다. 그러다 좀더 철이 들 무렵 어머니로부터 그 논밭들의 마련 내력을 듣고서부턴 생각과 느낌이 퍽 달라졌다. 여기저기 흩어진 그 논밭들을 마련하고 가꾸려 쉼 없이 쫓아다녔을 아버지의 고된 발길과 땀에 밴 얼굴, 힘든 괭이질과 거친 숨결 소리가 새삼 가깝게 다가오기 시작한 것이다. 그 논밭 뙈기와 작물 앞에 설 때마다 그렇듯 고난스런 삶 속에 무엇보다 절절했을 당신의 소망, 풍요로움이나 유족감보다 아쉬움과 절박감이 담겼을 고된 한숨 소리가 역력히 귀청을 울려오곤 했다. 그만큼 그 논밭 뙈기들이 옹색하고 척박스러워 보였고, 아버지의 삶 또한 고달프고 애달프게만 느껴져온 것이다.

이젠 이미 지하에 계실 망정 나는 그 아버지를 위해 할 수만 있다면 되도록 발길 가까운 동네 문전옥답 몇 두락쯤 한 곳에 모아 마련해드리고 싶다. 아니라면, 동네 주변 사방팔방에 뙈기밭과 다랑논배미들까지 크고 작은 논밭을 한 스무 곳쯤이라도. 왜냐하면 그 땀과 고달픔 속에서도 천생의 농부셨을 당신 역시 곳곳의 뙈기밭과 다랑논배미 앞에 뒷날의 내 어

렸을 적 한때처럼 온 동네 사방천지가 다 내 세상이듯 흐뭇하
고 정겨운 기분이셨을지도 모르니까.

아버지께 못다 한 말

장영희(서강대학교 영문과 교수)

오늘 저녁 교황의 장례 미사를 보았다. 전 세계에서 온 400만 명의 조문객이 지켜보는 가운데 치러진 장엄한 전례였다. '미사' 라기 보다는 '고별식' 이라고 불렸다. 마지막으로 교황님의 소박한 나무관이 성당 안으로 사라지기 전에 잠시 문 앞에서 조문객을 마주 보며 머물렀다. 마지막 인사를 하는 것이었고, 조문객들은 누가 먼저랄 것도 없이 박수를 치고 손수건을 흔들며 환호했다. 예수님을 대변해 일생 동안 평화와 화합을 위해 일한 교황님에 대한 예우이기도 하지만, 최선을 다한 삶을 잘 살아온 한 인간에 대한 환호이기도 했다. 기자가 캐나다에서 온 젊은 청년에게 왜 그렇게 멀리서까지 왔냐고 묻자 '다른 세상으로 가시는 교황님께 감사하다는 말을 하고 싶어서 왔다.' 는 답이었다.

죽은 사람과 산 사람과의 이별을 보며 나는 다시 한번 나의 아버지(故 장왕록 박사)를 떠올렸다. 그렇구나, 나는 다른 세상으로 가시는 아버지께 '감사하다' 는 말도 하지 못했구나.

유난히도 덥던 1994년 여름, 친구분과 휴가를 떠나셨던 아버지는 동해에서 수영을 하시다가 갑자기 심장마비로 돌아가셨다. 우리 형제들은 늘 아버지의 89세 미수 잔치를 꿈꾸며 살았다. 아무리 한 치 앞을 내다보지 못하는 삶이라지만, 일흔 살로 돌아가실 때도 20대 청년 같은 몸과 에너지를 자랑하셨던 아버지가 그렇게 갑자기 가실 줄은 정말 꿈에도 생각하지 못했다.

여섯 자식 중 그 누구도 떠나시는 곁을 지켜드리지 못했다. 속초로 떠나시던 날 아침 나는 자고 있었고, 어머니와 막내 사위가 배웅을 하면서 아버지 양복바지 한쪽이 치켜 올라가 있어 막내 사위가 뛰어나가 내려드렸다고 한다. 그것이 우리가 마지막 본 살아 계신 아버지의 모습이었다.

그 해 여름 아버지와 나는 《바람과 함께 사라지다》의 속편인 《스칼렛》의 공역을 끝내고 고등학교 영어 교과서를 공동 집필하고 있었다. 돌아가시기 두 시간 전쯤 아버지는 속초 시내에서 전화를 하시면서 다음날 서울에 도착하는 대로 직접 출판사로 오겠다고 말씀하셨다. "그래, 그럼 내일 3시에 출판사에서 만나자. 같이 11과 작업해야지."라고 하시던 말씀은 아직도 내 귀에서 생생히 메아리치는 아버지의 마지막 유언이 되어버렸다.

내 일생에 그때 처음 '죽음'을 경험했다. 우리가 사랑했던 사람이 죽을 때, 우리의 일부분도 함께 죽는다. 그리고 아버지가 돌아가셨을 때 내 일부분도 죽었다. 전혀 준비가 없는 상태에서 아버지를 떠나 보낸 다음 느낀 감정은, 정신이 혼미할 정도의 경악과 슬픔과 함께 지독한 회한이었다. 아버지는 영원히 그렇게, 항상 내 손 닿는 곳에서 나를 지켜보며 계실 줄 알았기에 아버지의 존재를 당연히 여긴 것, 함께 보낸 소중한 시간을 헛되이 흘려보낸 것, 함께할 수 있었던 시간을 낭비한 것, 그리고 무엇보다 진심으로 '아버지 사랑해요' 한 마디 못한 것이 너무나 억울하고 안타까웠다.

우리집 딸 다섯은 모두 아버지에게 반말을 했다. 아버지를 대하기 어렵고 무서운 존재라기보다는 늘 친근하고 가깝게 느꼈다. 하지만 다른 집 딸처럼 곰살맞고 애교스러워서 걸핏하면 손잡고 매달리고 '사랑해요 아빠'라는 말을 하지 못했다. 그 중에서도 나는 워낙 성격이 직선적이고 퉁명스러워서 아버지께 쓰는 말투가 무뚝뚝하기 짝이 없었다. 아버지 말씀을 중간에서 끊어먹는 것은 물론, 아버지와 함께 공동 집필이나 번역을 할 때마다 아침 식탁은 논쟁의 자리였다. 글의 소재나 표현, 문체에 대해 토론할 때마다 나는 걸핏하면 눈살을

찌푸리고, "뭐가 그래 아버지, 안 그렇다구!" 하면서 심통스럽게 말하곤 했다. 그러면서도 속마음으로는 언젠가는 나도 다른 집 딸들처럼 상냥스럽게 말해야지, 그리고 늘 가슴속에 묻어놓은 말, '아버지 사랑해요'를 해야지 마음먹곤 했다.

그러나 '언젠가'는 나에게 허락되지 않았다. 너무나 갑자기 떠나셔서 고별의 시간도 주어지지 않았다. 아버지 떠나신 지 11년, 지금도 나는 길에서 앰뷸런스를 보면 부러운 생각이 든다. 저 안에 누군가 급히 쓰러진 아버지를 모시고 타고 간다면 너무나 놀란 가슴에 경황없고 슬프겠지만 그래도 나보다는 낫구나, 아버지를 병원에 모시고 갈 수 있는 행운을 누리고 있구나, 만약 이 세상을 떠나신다 해도 아버지와 작별 인사 할 시간은 있겠구나, 하는 부러움이다.

영국 작가 새뮤얼 버틀러는 "잊혀지지 않은 자는 죽은 것이 아니다."라고 말했다. 몸은 떠나도 추억 속에 사랑은 남는 것, 우리의 기억 속에 아버지는 영원히 살아 계신다. 그래서 아버지 생전에 못다 한 말을 나는 뒤늦게 이제야 마음속으로 외친다.

"아버지 사랑해요, 이 세상에 아버지의 자식으로 태어나서 너무나 자랑스럽고 행복합니다."

아버지, 오늘은 학교 안 가십니까?

정일근(시인)

서른다섯의 나이로 돌아가신 제 아버지의 학력은 '중졸' 입니다. 지금도 건강하신 제 어머니는 '초등학교 2학년' 학력이 전부입니다. 그 시대는 다 그랬죠.

나이가 두 살 차이인 두 분은 모두 일본에서 태어났거나 자랐습니다. 아버지는 강보에 싸인 채 현해탄을 건너가 일본 도쿄 인근에서 자라셨고, 어머니는 도쿄 인근에서 태어나 그곳에서 자랐습니다. 가난한 식민지의 더욱 가난한 조선 노무자의 자식들이었습니다.

1945년 해방이 되자 귀국한 아버지와 어머니는 경남 양산과 부산 엄궁에서 자라 벚꽃의 도시 진해에서 인연으로 만나 결혼을 하고 저를 낳았습니다.

초등학교 시절, 부모님의 학력을 적는 난에 저는 아버지를 고졸, 어머니를 중졸로 적었습니다. 해군 장교 자녀들이 많이 다녔던 초등학교에서 옆자리 짝지가 아버지는 해군사관학교 졸업, 어머니는 이화여대 졸업이라고 적어 넣는 것에 기가 죽어 부모님의 학력을 속였습니다.

그것으로 끝나지 않았습니다. 중·고등학교를 다니면서는 아버지는 대졸, 어머니는 고졸로 속였습니다. 저는 부모님의 학력을 부끄럽게 여겼던 '나쁜 자식'이었습니다.

우연히 아버지의 중학교 시절 학적부를 보게 되었습니다. 학적부에 적힌 대로 보자면 아버지는 결석도 많고 성적도 좋지 않은 '불량 학생'이었습니다. 그러나 고모님의 말씀에 따르면 일곱 남매의 장남이었던 아버지는 할아버지의 농사일을 도우며 스스로 학비를 벌어 중학교를 다녔다고 합니다.

학교 가는 십여 리 험한 산길로 오가며 땔감나무를 해서 팔아 학비를 마련했다고 합니다. 중학교 3학년이 되면서 아버지의 결석이 더욱 많아지고 성적은 더욱 떨어집니다. 이유는 간단했습니다. 고등학교 진학이 불가능했던 아버지는 농사일에 더욱 바빴을 것입니다.

아버지의 인생은 군에 입대하면서 역전됩니다. 공군방첩대 하사관 모집 시험에 합격한 아버지는 허리에 권총을 차고 고향을 방문했습니다. 그리고 그 봉급으로 여동생들을 모두 공부시키고 시집보냈습니다.

제가 기억하는 아버지는 달필이었습니다. 유품으로 달랑 남기신 미농지 노트에 남긴 필체가 참 유려했습니다. 유행가 가사를 적어놓기도 하고 더러 시(詩) 같은 글들을 적어놓은 아버지의 글씨 속에 아버지의 못다 한 배움의 꿈이 담겨 있었던 것입니다.

아버지 살아 계신다면, 학교에 보내드리고 싶습니다. 어머니와 나란히 학교에 보내드리고 싶습니다. 두 분 오순도순 공부하시는 모습 보고 싶습니다. 책과 참고서를 사드리고, 책가방을 사드리고, 좋은 학용품을 사드리고 싶습니다.

아, 집에는 좋은 공부방도 꾸며드려야겠지요. 컴퓨터도 가르쳐드리고, 좋은 시집도 사드리고, 아무 걱정 없이 하고 싶었던 공부 원도 한도 없이 시켜드리고 싶습니다. 학교 공부로 부족하다면 학원에도 보내드릴 것입니다. 제가 아는 것은 제가 가르쳐드릴 것입니다.

성적표가 날아오면, 성적이 좋으면 축하 파티도 열어드리고, 성적이 좋지 않으면 격려도 해드리며 아버지와 함께 늙어가고 싶습니다.

언제까지 공부시킬 것인지 궁금하시죠? 제가 아버지, 어머니의 학력을 속인 것이 사실이 될 때까지 부모님께 그 어린 날의 죄를 속죄하고 싶습니다.

가끔 아버지가 공부에 싫증이 나 게으름을 피우시면 아버지의 방문을 열고 저는 이렇게 외칠 것입니다.

아버지, 오늘은 학교 안 가십니까?

꿈에서 드린 용돈 이십만 원

이홍렬(방송인)

일 년 전 삼양라면 광고를 찍었을 때 내 마음은 벅찬 감회로 가득 차 있었다. 남들은 라면을 다 먹고 젓가락으로 빈 그릇을 탁탁 두들기며 입맛을 다시는 내 연기를 보고 참 맛깔스럽다고 했지만, 그 날 카메라 앞에서 나는 이걸 어머니가 보셨다면 얼마나 좋아하셨을까 하는 생각이 간절했더랬다. 어린 시절 우리집의 점심은 늘 라면이었다. 항상 돈 걱정이 떠나지 않았던 우리는 라면이나마 감사하게 먹을 수밖에 없는 형편이었다. 지겹도록 먹었던 바로 그 라면 회사의 광고 주인공이 됐으니 착잡한 심정일 수밖에.

어머니는 1928년 12월 8일 평양의 박씨 가문에서 태어나셨다. 그러나 집안 형편이 어려워 조씨 가문의 수양딸로 가셨다. 옛날에는 가난하고 형제 많은 집에 태어나면 그렇게 남의 집으로 가는 일이 많았다. 하지만 가난은 어머니의 삶 속에서 떠나지 않았다. 여덟 살 연상인 남편을 만났지만 결혼 후에도 여전히 가난하긴 마찬가지였다.

그러한 이유로 어머니는 일제 강점기에 성장하셨지만 초등학교도 못 나오셔서 일어는 하지 못하셨다. 하지만 계산은 대단히 빨랐고, 경우가 바른 분이셨다. 어머니는 교육열이 무척 높으셔서 최소한 고등학교는 마쳐야 한다고 생각하셨다. 그 어려운 형편에도 불구하고 내가 서울공고를 졸업하고 14년 뒤에 대학까지 갈 수 있었던 것은 이런 어머니의 열정을 이어받은 때문이 아닌가 생각한다. 어머니는 늘 "너 공부 다 끝나면 나 노인 대학에 보내주라."고 하시며 못 배운 한을 잊지 않으셨다.

초등학교 1학년을 다니다 말았다고 '전설처럼' 말씀하시던 아버지가 철공소를 하시긴 했지만 가장 노릇은 언제나 어머니 몫이었다. 아버지는 동네 철문의 대부분을 맡아 하실 만큼 쇠를 마음대로 주무르시는 분이셨지만 정작 중요한 '쇳가루(돈)'는 손에 쥐지 못하셨다. 어디서 배우셨는지 '고도의 노름'이라는 마작을 즐기셔서 돈이 생기면 거기에 쏟아 부었고, 잔일은 하지 않으려 하셨다. 아버지 마음속에는 늘 큰 일, 한번 해서 왕창 돈을 벌 수 있는 일에 대한 욕심이 자리잡고 있었다. 언젠가는 연장 간수를 잘 못해 연장통을 잃어버리시기도 했다. 옛날에는 용접이나 철공소 일에서 연장이 생명이 었는데 말이다. 그러면 또 연장을 마련할 때까지 임시 폐업이 었다. 이런 형편이니 우리집은 늘 가난에서 벗어나지 못했다.

이런 이유로 어머니는 끊임없이 돈벌이를 하셔야 했다. 한 번은 어디서 기술을 익히셨는지 한복집을 여셨다. 그후로 나는 늘 인두로 동정을 다듬고, 치마 저고리를 만드는 어머니의 모습을 자주 볼 수 있었고, 그 때문인지 '어머니' 하면 그 모습이 떠오른다. 어느 날 잠결에 깨어보면 어머닌 바느질을 하시다가 졸고 계시기도 했다. 하지만 어머니는 당신의 힘듦을 내비치신 적은 없었다.

사실 누나와 여동생이 있었지만, 외아들이었던 나는 어려서부터 집안을 일으켜야 한다는 중압감을 가지고 있었다. 그러나 정작 어머니께 받기만 하고 하나도 돌려드린 게 없어서 늘 쓰라린 마음이다.

중학교 2학년 때던가. 일숫돈 걷는 일을 일 년 간 한 적이 있다. 주인집 아저씨 소개로 한 일이었는데, 날마다 돌아다니며 몇 천 원 받고 도장 찍고, 전주에게 돈을 갖다주면 되었다. 사실 어린 나이로 그런 일을 하기는 어려운 것이다. 어찌 어린아이를 믿고 돈 관리를 시키겠는가? 아마도 그 일은 어머니의 성품을 믿고 준 일이었지 싶다.

일수로 받는 월급은 그때 돈으로 천오백 원이었는데, 일 원이 아쉬운 생활이었는데도 어머니는 살림에 보태지 않으시고 그대로 모았다가 내 시계를 사주셨다. 중학교 3학년 때는 《한국일보》 배달 일을 했다. 그때도 마찬가지였다. 돌아가실 때까지 어머니는 당신을 위해 돈을 쓰신 적이 한 번도 없었다.

가난했지만 어머니는 가족의 소중함, 정직성, 웃음을 잃지 않으셨다. 그리고 그러한 당신의 생각을 자식들에게 교육시키셨다. 어렸을 때도 내 키는 작았다. 그리고 다혈질에 성격이 급했다. 단신과 가난이 가져다주는 오기. 이 때문에 간혹 친구들과 다툼이 있기도 했었다. 그러나 난 싸운 뒤 울면서 집으로 들어가지 않았다. 어머니가 이를 용납하지 않으셨기 때문이다. 밖에서 생긴 일은 철저하게 밖에서 해결해야 한다는 게 어머니의 지론이기 때문이다. 어린 내게 자기 행동에 대한 책임감을 일깨워주시고, 가정 내에서는 바깥일로 고민하기보다 가족과의 사랑을 쌓아가야 함을 일깨워주신 것이다. 이것이 대를 이어, 지금의 나도 아이들에게 싸운 흔적을 가지고 집에 오지 말라고 이른다. 자신의 행동에 대한 책임은 자신이 져야 한다는 의식은 아주 어렸을 때부터 길러주어야 한다고 나 역시 생각하기 때문이다.

중학교 때의 일이다. 한번은 무슨 일인가 때문에 반 아이랑 싸움이 붙은 적이 있었다. 나도 몇 대 맞았지만 상대방 아이가 턱 부근이 찢어져 피가 났다. 나는 선생님께 불려가 내일

어머니를 모셔오라는 청천벽력 같은 통고를 받았다. 고민 고민하다 어렵게 어머니께 학교에서 있었던 일을 말씀드렸다. 내가 지금 애들하고 싸울 때가 아닌데. 나는 걱정을 끼쳐드려 무척 속이 상했다. 그런데 예상과 달리 어머니는 아무 말씀이 없으셨다.

이튿날, 놀라운 일이 일어났다. 어머니가 무슨 말씀을 하셨는지 선생님께서는 오히려 내 머리를 쓰다듬으시며 "자식아, 진작 그렇게 말하지." 하며 오히려 격려를 해주시는 게 아닌가. 아마도 어머니의 말씀이 선생님을 감동시킨 모양이었다. 그 날 이후로 어머니에 대한 느낌이 또 달라졌다. 내 문제로 학교의 부름을 받은 것은 그때가 처음이자 마지막이었다.

내가 연예인 생활을 하면서 최고로 치는 덕목이 신용과 책임인데, 이 대부분도 어머니로부터, 말씀이 아니라 생활 속 행동으로 배운 것들이다. 동네 철문에는 뾰족한 송곳이 달려 있게 마련인데, 어느 날 한 아이가 거기를 오르며 놀다가 송곳에 찔려 피투성이가 됐다. 앞에서 말했다시피 우리집이 철 공소였기 때문에 아마 그 대문도 아버지의 손을 거쳤을 물건이었다. 아이가 놀라고 아파서 우는데 누구 하나 선뜻 나서는 사람이 없었다. 어머니는 그 소식을 듣고 쏜살같이 달려와 아이를 들쳐 업고 병원으로 데려가셨다. 아버지의 손을 거쳐 만들었음직한 대문 창살에 상처를 입었다는 것 하나만으로도 어머니는 그 아이의 상처에 '책임'을 느끼고 계셨는가 보다.

나의 진로에 있어서 어머니는 강요나 당신의 기대를 내비치신 적 없이 내 의사를 존중해주셨다. 학창 시절, 오락부장을 도맡아 한다, 예능 발표회 때 상을 탄다 해서 개그 방면에 소질을 보였을 때도 반대하시기는커녕 "연예인이 되려면 돈도 좀 있고 줄이 있어야 한다는데 그 밑받침을 못 해줘서 미안하구나." 하시며 오히려 안타까워하셨다. 만약 당시에 개그 콘테스트 같은 등용문이 있었더라면 속 시원히 어머님의 안타까움을 씻어드렸을 텐데, 그리 못한 것이 한스럽다. 공교롭게도 어머니가 돌아가시고 두 달 후인 1979년 3월에 데뷔했으니 지금 생각하면 이 또한 한이 된다.

사람들은 자기 부모님이 언젠가 돌아가실 거라는 생각을 하지 못하고 살아간다. 상상만으로도 불경하고 아찔해서 무의식적으로 피하는 마음일 게다. 어느 철학자가 그랬던가. 사람은 다른 이는 다 죽어도 자신의 죽음은 믿지 못하는 어리석은 동물이라고. 난 그 말에 공감한다. 평소에 후배들에게도 이렇게 말하곤 한다. 어머니가 내일 돌아가실 거라고 생각하고 오늘 잘 모셔라. 그 이튿날이 되면 또 내일 돌아가실 거라고 생각해라. 그렇게 백 년이 간들 후회할 일이 뭐 있겠느냐. 그래도 돌아가시고 나면 또 후회하게 마련이라고.

어머니가 돌아가실 무렵을 떠올리기만 해도 밤송이를 안은 듯 가슴이 따가워진다. 의사도 포기한 암 말기의 어머니를 업고 안수 기도를 받으러 돌아다니던 그 시절. 그 전까지 내가 교회에 나간 적이라곤 초등학교 때 공책을 받으러 매주 교회 부근을 얼쩡대던 것이나, 군복무 때 사역 나가기가 싫어 군목의 설교를 졸며 듣던 그런 정도였다. 하지만 난 어머니를 업고 무조건 하나님께 매달렸다. 이렇게 가셔서는 안 된다는 절박한 심정이었다. 당시 어머니는 옛날 분들이 그렇듯 막연하게 불교를 믿고 계셨지만, 당신 자식이 원하는 일이라 생각해서였는지 함께 교회를 다니셨다. 당신의 고통 속에서도 어머니는 자식이 무엇을 바라는지, 온통 자식 생각뿐이었다. 그 무렵 내 무릎에 어렸을 때부터 앓아오던 부스럼이 재발했었는데, 당장 살아나셔야 하는 건 당신인데도 어머니는 내 상처를 걱정하시곤 했다.

1979년 1월 1일. 그렇게 매달렸건만 어머니는 하나님의 부르심을 받아 먼 길을 떠나고 말았다. 어머니 나이 쉰둘, 삶을 놓기에는 너무 어여쁜 나이였다. 그때의 심정은 세상의 어떤 단어를 동원해도 제대로 표현할 수 없을 것 같다. 제대로 장례를 치를 만한 형편도 못 돼 교회 사람들이 와서 염을 하고 일체를 돌봐주었다. 그때 돈만 있었더라면 가시는 길을 그리 소홀히 하지는 않았을 것인데……. 하지만 혹 돈이 있었더라도 어머니는 당신을 위해 한 푼도 쓰지 못하게 하셨을 게다.

살아생전 그러하셨던 것처럼.

어머니를 일산 기독교 공원 묘지에 모시고 딱 일 년 뒤 내가 데뷔하는 걸 보고 아버지 역시 어머니 곁으로 가셨다. 아버지를 생각할 때면 안타까운 부분이 많다. 나의 아버지는 생활 능력이 없었지만 착하셨고, 옛날 아버지들이 그렇듯 스킨십이 없으셨지만 자식 사랑은 누구 못지않은 분이셨다.

연예인 생활을 하다 일본으로 갔을 때 참 막막한 심정이었다. 백 엔짜리 동전 하나를 들고 자판기 앞에 서서 이걸 먹을까 말까 망설이면서도 나는 그걸 고생이라고 생각하지 않았다. 보다 나은 내일을 위한 발판이라고 여겼다. 그런 믿음이 현실을 뚫고 나갈 수 있는 큰 힘을 주기도 했지만, 무엇보다 두 분이 하늘나라에서 자식을 위해 기도하고 있다는 '든든함'이 큰 원동력이 되어주었다.

어머니를 만나면 자랑하고 싶은 것, 할 얘기들이 정말 많다. 여동생을 시집보낸 것, 아내를 만나 결혼한 일, 늦은 나이에 대학을 들어가 졸업한 일, 일본에 다녀온 일, 두 아들의 사랑스런 모습……. 단 하루만이라도 이승에 다시 오실 수 있는 기적이 있었으면 얼마나 좋을까.

자동차를 운전하다 백미러로 뒷좌석을 보면서 어머니를 모실 수 있는 자린데 하며 아쉬워한다. 어머니를 태우고, 오랫동안 살던 후암동 일대며 지금 살고 있는 동부이촌동을 한 바퀴 돌고, '쇼! 토요특급'이나 '이홍렬 쇼' 녹화 현장도 모시고 갔으면 좋겠다. 아버지가 받아오는 월급 한번 만져보는 게 소원이셔서 "너는 기술을 익혀 월급 받는 생활을 해라."라고 말씀하시던 어머니께 아들이 일하는 모습을 보여드릴 수만 있다면.

어렸을 때 자주 먹던 동태찌개를 먹거나, 어디서 평안도 사투리를 들으면 또 불현듯 어머니 생각이 난다. 어머니 가신 지가 벌써 이십 년이 다 돼가지만 생활 곳곳에서 어머니를 느낀다. 그럴 때면 군대에 있을 때 어머니께서 보내오신 편지를 꺼내 읽는다. 누렇게 바랜 그 편지들을 정성스럽게 철해서 간직하고 있다. 맞춤법도 틀리고 삐뚤삐뚤한 글씨로 "홍렬아⋯⋯." 하고 부르시며 늘 내 안부를 걱정하시는 그 내용을 읽다보면 누가 심장을 뭉텅뭉텅 잘라내듯 아파온다. 어머니 음성이 가까이서 잡힐 듯 들려오는데 눈을 들어보면 어머니 모습은 아무데서도 찾을 수가 없다. 삶과 죽음을 가르는 법칙이란 이렇듯 무정하구나, 나는 몇 번이고 그 편지들을 되풀이해 읽고 마음을 달랜다.

그렇게 그립고 가슴 저린 어머니를 꿈에서 만나면 그렇게 좋을 수가 없다. 살아생전의 성품대로 꿈에서도 부지런하셔서 어떤 때는 아프신 몸으로 이곳저곳을 다니실 때가 있다. 그런 곳 중의 하나가 내게는 외할머니가 되는 수양 어머니 댁이었다. 그 외할머니는 지나치리만큼 미신을 좋아하시는 분이셨다. 턱 괴면 엄마 아프다, 문지방 디디면 무슨 일 일어난다 해서 그분 앞에서는 몸을 제대로 가누질 못했다. 어머니가 아프셨을 때도 무당을 불러 굿을 한 분이셨다. 그런데 어머니가 돌아가신 뒤 파주에 있는 외할머니 댁을 방문하고 나는 깜짝 놀라고 말았다. "할머니" 하고 방문을 열어보니 방 벽이 온통 예수님 관련 종이로 도배가 되어 있었기 때문이었다. 교회에서 나눠주는 달력, 예수님 초상화, 성경 말씀들로 가득 차 있는 방을 둘러보다 말고 외할머니께 도대체 어떻게 된 일이냐고 물었다. "네 엄마가 꿈에 나타났어. 머리에 하얀 꽃을 꽂고, 어머니, 교회에 다니세요, 하더라." 그 이후로 교회에 나가게 됐다는 말씀이셨다. 정말 놀라운 일이었다.

얼마 전에는 어머니가 내 꿈 속에도 찾아오셨다. 무슨 영문인지 모르겠지만 그때 난 용돈 이십만 원을 드렸다. 깨고 나서 얼마나 후회하고 가슴 아팠는지……. 왜 하필이면 이십만 원을 드렸을까. 더 드릴 수 있었는데. 이백, 이천만 원 아니 내가 가진 모든 것이라도 드리고 싶은데. 늘 받기만 하다 모처럼 드린 용돈이었는데 고작 이십만 원이었다니 며칠 동안 우울하고 안타까웠다.

어머니께서는 내 결혼을 보지 못하시고 가셨지만 생전의 당부 말씀은 아직도 귀에 선하다. 여자한테 잘하라는 말씀이

야 기본이었고, 남다른 부탁이 두 가지 있었다. 그 중 하나는 부부 싸움을 할 때 욕을 하지 말라는 것이었다. 너무 화가 나서 참을 수 없어 욕이 나오거든 여자와 관련된 욕을 하지 말고, 남자 욕을 하라고 하셨다. 말하자면 "이 녀석"이라거나 "이 자식" 하는 식으로. 그래야 추하고 극단적으로 가는 걸 피할 수 있다고. 참 일리 있는 말씀이셨다.

또 절대 여자한테 손찌검하지 말라고 하셨다. 오늘 한 대 때리면 다음에는 한 대 때리는 것으로 분이 풀리지 않는다는 것이었다. 올해로 결혼한 지 십 년이 되지만, 나는 그 말씀을 한 번도 어긴 적이 없다.

그리고 어머니께서 그러셨듯 약속 잘 지키는 것을 소중하게 여기고 있다. 내 경험으로 오늘 약속을 잘 지키면 내일 당장 좋은 열매가 열리는 건 아니었다. 그런 신뢰가 쌓이고 쌓여면 훗날 축복처럼 내게 돌아온다. 그건 틀림없는 일이었다.

어머니는 생각하면 좋은 추억보다는 뼈아픈 일들이 많지만, 한편으로는 그분의 안식이 다행스럽기도 하다. 이승에서의 삶이 너무 고달프고, 자신의 몸을 온통 내어주는 연어처럼 희생하셨기에 그곳에서나마 평온하게 쉬셨으면 하고 바란다. 어머니와의 인연이 그걸로 끝이라면 어떻게 견딜 수 있겠는가. 나는 꼭 다시 만날 것을 믿는다. 앞으로 해온 일보다 더 많은 일을 이뤄서 어머니께 자랑스럽게 보여드리고 싶다. 예수님은 원수를 사랑하라고 하셨지만, 단 하나 사랑할 수 없는 원수인 가난을 벗어났노라고, 떳떳하게 말씀드리고 싶다. 하지만 말씀드리기 전에 어머니께서는 벌써 그 모든 걸 하늘에서 내려다봐서 다 알고 계실 것 같다. 그러기에 오늘도 그분의 숨결과 사랑을 아주 가까이에서 느끼며 살아간다.

※ 이 원고는 《샘이깊은물》 1997년 9월호에 게재되었던 것을 재수록하였습니다.

아침편지 고도원의
부모님 살아 계실 때
꼭 해드려야 할 45가지

초판 1쇄 발행 2005년 6월 13일
초판 26쇄 발행 2019년 1월 14일

엮은이 | 고도원
그린이 | 김선희
펴낸이 | 한순 이희섭
펴낸곳 | (주) 도서출판 나무생각
편집 | 위정훈 조예은
디자인 | 박민선
마케팅 | 이재석 한현정
출판등록 | 1999년 8월 19일 제1999-000112호
주소 | 서울특별시 마포구 월드컵로 70-4 (서교동) 1F
전화 | 02)334-3339, 3308, 3361   팩스 | 02)334-3318
이메일 | tree3339@hanmail.net
홈페이지 | www.namubook.co.kr

© 고도원, 2005

ISBN 979-11-86688-03-8 03810

국립중앙도서관 출판예정도서목록(CIP)

(아침편지 고도원의) 부모님 살아 계실 때 꼭 해드려야
할 45가지 / 엮은이: 고도원 ; 그린이: 김선희. — 서
울 : 나무생각, 2005 (2015 25쇄)
    p. ;   cm

ISBN 979-11-86688-03-8 03810 : ₩12800

수기(글)[手記]

818-KDC6
895.785-DDC23   CIP2015022047